AF561558

L. MARVILLE

AUTOUR DE LA GAMELLE

PARIS
DIDIER & MÉRICANT, ÉDITEURS
1, RUE DU PONT-DE-LODI, 1

AUTOUR DE LA GAMELLE

Paris. — Imp. Vve Albouy, 75, av. d'Italie.

L. MARVILLE

AUTOUR DE LA GAMELLE

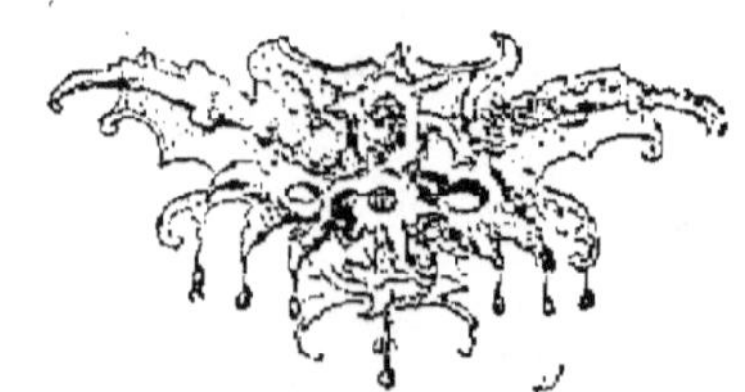

PARIS
DIDIER & MÉRICANT, ÉDITEURS
1, RUE DU PONT-DE-LODI, 1

AU 53e DRAGONS

I

FLAMBARD ET BIGAREAU

Pour sûr, mon vieux pompon, qu'on s'est offert aujourd'hui un plumet carabiné.

C'est ainsi que fut accueilli, l'autre soir, Bigareau, simple dragon à la première du 2 du 53e de l'arme, par le brigadier Gastambides, de garde aux portes de la caserne du grand quartier.

De fait, le malheureux Bigareau était abominablement gris. Il oscillait de droite à gauche, d'avant en arrière, cherchant en vain à repincer un équilibre qui devenait de moins en moins stable, et sa gravité dont le centre se livrait en ce moment à des manœuvres tout à fait déplacées. Il se cramponnait désespérément à son sabre fiché en terre devant lui. Quant à son casque, quelque mauvais plaisant le lui avait sans doute replacé sur la tête de façon telle que les crins de la « plus noble conquête que l'homme ait jamais faite » nuisaient singulièrement à l'exercice de sa double vision d'ivrogne.

Croyant avoir affaire à une boucle rebelle, il y portait la main avec une persistance digne d'un meilleur sort, sans qu'il cessât de se trouver, malgré tout, et de plus belle, le nez sous la queue de sa coiffure.

— M'est avis, gentil disciple de Bacchus, continua Gastambides, qui, quelque peu frotté de littérature, ne dédaignait pas de parer d'un brin de fantaisie la sévère ordonnance de sa consigne, m'est avis que le nommé Bigareau est bien empêché de maintenir sa perpendiculaire.

— Mais, brigadier, balbutia celui-ci, on ne me l'a pas donné à garder.

Cette réplique augmenta l'hilarité des hommes du poste qui, depuis sa rentrée, faisaient cercle autour du dragon en goguette.

— Calez-moi ce gaillard des deux côtés, ordonna le brigadier d'un ton grave à deux de ses subordonnés. Vous, Bondurand, fit-il à un troisième en lui lançant un coup d'œil d'intelligence, vous savez que le colonel a recommandé qu'on lui amène Bigareau dès qu'il serait de retour, détachez-le de son sabre, décasquez-le. Vous irez à son lit, et lui rapporterez son pheci et sa couverture. Je gagerais que le colo le retiendra chez lui toute la nuit.

A ces mots que tout le monde comprit, excepté le pochard, un soldat s'approcha, le débarrassa de son sabre et de son casque, s'en fut en courant à la chambrée et revint bientôt muni d'un képi et d'une couverture de laine.

— Par file à droite, marche, commanda Gastambides aux flanqueurs de Bigareau ; et les trois hommes se dirigèrent, non sans peine, vers la salle de police, où, chacun l'a deviné, le dragon allait recevoir l'hospitalité.

Un cavalier du nom de Flambard, un vieux pied de banc qui avait, lui aussi, sérieusement étudié les combinaisons de l'orge et du houblon, s'y trouvait déjà en tête à tête avec lui-même.

Quand on voulut ouvrir la porte, il s'y opposa. Il avait loué la chambre pour lui seul ; seul il prétendait y rester, et pesait de tout son poids pour s'opposer à l'introduction d'un nouvel hôte.

Une vigoureuse poussée triompha de sa résistance et l'envoya les quatre fers en l'air à l'autre bout de la salle de police. Pendant qu'il se relevait en grommelant, Bigareau s'était vu bouclé en deux temps et trois mouvements.

Persuadé qu'il se trouvait chez le colonel, il n'osait faire un pas.

— Qui va là ? dit enfin Flambard qui l'avait entendu trébucher dans l'obscurité.

— C'est moi, mon colonel, fit timidement Bigareau.

— Qui, toi ? reprit l'autre un peu interloqué de s'entendre conférer à cette heure un grade aussi élevé.

— Bigareau, mon colonel.

— Bigorneau. Alors, tu es dans l'infanterie.

— Faites excuse, mon colonel, Bigareau.

— Alors, tu-es de Montmorency.

— De Lonjumeau, sans vous commander, mon colonel.

— Pour le coup, tu es postillon.

Et Flambard se mit à chanter gravement :

Ah! ah! ah! qu'il est beau,
Le postillon de Lonjumeau.

Bigareau ahuri attendait respectueusement que son supérieur eût piqué sa romance.

L'interrogatoire reprit bientôt :

— Qui t'a fichu dedans ?

— Le vin à quatre sous, repartit laconiquement le dragon.

— Ce n'est pas cela que je te demande, imbécile.

— Alors, pourquoi me le demandez-vous, riposta Bigareau.

— Ce n'est pas cela que j'ai voulu dire, rectifia Flambard.

— Alors, pourquoi l'avez-vous dit, poursuivit Bigareau, emporté par la rigueur inflexible de la logique.

— Entends-moi bien, riposta rageusement Flambard qui s'accrochait aux ronces de cette explication ténébreuse, je désire savoir qui t'a flanqué au bloc, en bon français ?

— Qu'on m'ait flanqué au bloc en bon français, ou fichu à l'ours en une autre langue, c'est tout un pour moi, puisque j'y suis, répondit Bigareau, dans l'esprit de qui la lumière s'était faite.

— Qui t'y a fait mettre ?

— Celui qui m'y a fait fourrer, c'est le brigadier Gastambides.

— C'est bien, dit froidement Flambard, qui déjà se sentait pénétré de son importance et entrait délibérément en fonction. Je le casse.

— Vive le colonel ! clama le dragon.

— Suffit, éteins ton bec, continua Flambard. Pour quels motifs t'a-t-il collé au bloc ?

— Ce n'est pas pour des motifs, mon colonel ; c'est parce qu'il prétend que je n'ai pas gardé sa serpendiculaire, comme si je savais seulement ce que c'est que cette particulière-là.

— Ça doit être la payse du brigadier, opina Flambard avec conviction.

— Impossible, retorqua d'un ton non moins convaincu Bigareau qui, promptement familiarisé avec ses devoirs de confident du grand chef, devenait sentencieux et disert. Gastambides est né natif de Nanterre. Or, chacun sait qu'à Nanterre les jeunes filles n'ont pas d'autres pays que les rosiers ; et cet arbuste-là ne fleurit guère au 53e dragons.

— Tu en es sûr ?

— Verticalement certain.

Tous deux se turent, rêvant sans doute au mystère de la « serpendiculaire à Gastambides ».

Pendant longtemps, on n'entendit que quelques soupirs étouffés, quelques rauques et bruyantes éructations.

— N'empêche, mon vieux Lonjumeau, reprit enfin Flambard avec la plus scrupuleuse exactitude, que nous sommes au bloc tous les deux. Mille carabines ! c'est humiliant pour un chevronné de première classe comme moi.

Cette rentrée dans le rang, volontaire, mais inattendue, du colonel, ne causa pas une grande surprise à Bigareau ; mais bien que moins ivre que son compagnon, il n'avait pas encore suffisamment recouvré son sang-froid pour contrôler la régularité de la mutation.

Toutefois, l'idée lui vint de savoir, lui aussi, à qui il avait affaire.

— Avance à l'ordre !... Quel est ton nom ?

— Flambard, mon colonel, riposta sans broncher la bonne pièce qui, l'esprit encore frappé du mot et du titre, se croyait de bonne foi en présence de son supérieur.

— Pourquoi es-tu ici ?

— Pour m'être saoûlé, sauf votre respect, mon colonel...

— Qui t'a collé au clou ?

— Le brigadier Gastambides.

— Tonnerre ! c'est comme moi, rugit Bigareau. Il faut, mon vieux Flambard, que nous tirions de cet animal-là une vengeance exemplaire.

— Si nous fourrions du poivre sous la queue de sa bique au moment du pansage ? suggéra Flambard.

— Plus souvent, demain, nous serons flanqués de garde d'écurie ; s'il y a une ruade, nous ne manquerons pas d'écoper.

Après maints projets sérieusement mis à l'étude et renvoyés à la commission après d'interminables discussions, il fut convenu à l'unanimité qu'on glisserait le lendemain, à l'heure de la soupe, des molettes d'éperons dans la gamelle à Gastambides.

— Et tu verras, ma vieille branche, affirma Bigareau décidément bel et bien resté dans la supériorité du grade, comme le Gastambides se cavalera quand il aura les éperons au ventre.

Ce fut le mot de la fin ; ils s'endormirent dans les bras l'un de l'autre. Le lendemain on les retrouva fraternellement étendus bout-ci, bout-là, s'offrant mutuellement de fortes prises d'extrait de chaussettes.

L'atmosphère de la salle était complètement saturée de vapeurs alcooliques et ammoniacales.

Quand on réveilla les deux compères, on dut formellement les présenter l'un à l'autre. Ils ne s'étaient jamais vus; Bigareau étant de la 1re du 2, et Flambard de la 2e du 3.

Une connaissance ainsi ébauchée, et d'ailleurs basée sur des sentiments réciproques d'estime et de capacité, ne pouvait devenir qu'une vaillante et solide amitié.

Dorénavant, on ne vit plus Bigareau sans Flambard, Flambard sans Bigareau. Quand l'un buvait, l'autre était ivre, comme jadis Auguste et la Pologne.

En un mot, les frères Siamois sauf la membrane.

L'aventure fit du bruit, il est à croire que leur dialogue avait eu des auditeurs. Ce farceur de Gastambides, peut-être ?

On les appela les deux colonels.

Et cependant, je ne conseillerais à personne de leur demander quand, le soir, ils rentrent au quartier après s'être rincés la dalle, l'histoire de leur fréquentation chez le grand chef.

Flambard et Bigareau sont de braves garçons ; mais, vous savez, il y a temps pour tout, et des limites à la meilleure plaisanterie. Ces limites, ils ne souffrent pas qu'on les dépasse.

II

LA REVANCHE

Décidément le brigadier Gastambides, — d'après les travaux les plus récents, le fait, aujourd'hui, paraît acquis à l'histoire, — le brigadier Gastambides, dis-je, n'avait pas perdu un traître mot des noirs projets combinés contre lui par Flambard et Bigareau en cette nuit mémorable où fut indissolublement scellé le pacte de leur amitié.

S'il n'en fit rien voir tout d'abord, il avait pris note cependant de sa cassation prononcée par Flambard et de la qualification irrévérencieuse d'animal dont il s'était entendu gratifier par Bigareau.

Sur-le-champ il ouvrit aux deux copains un compte courant au grand-livre de sa mémoire, et il se promit de leur en faire payer le solde débiteur en corvées, consignes et autres menues monnaies frappées à l'effigie de sa justice distributive.

En attendant, il ouvrait l'œil. Pour paier à toute éventualité, et se soustraire à la pénible nécessité de rendre ses éperons, à chaque repas, il empruntait sa gamelle à l'un ou à l'autre de ses subordonnés tour à tour.

En opérant de cette façon prudente, en premier lieu, il évitait le péril pour lui-même; en second lieu il courait la chance d'assister gratis à la comédie donnée à ses lieu et place par le glouton capable d'avaler les molettes dont il a été question.

L'artificieux brigadier ne tarda pas à entrer en campagne. Il commença les hostilités par un rapport en forme adressé au commandant Saint-Just pour lui rendre compte de l'équipée des deux lascars.

La facture de ce premier article porté à leur débit fut soldée par une punition de huit jours de salle de police et de consigne que Flambard et Bigareau empochèrent philosophiquement chacun de son côté.

Pendant toute une longue semaine, on leur servit le peloton de chasse à l'ordinaire, des corvées d'extra et la garde d'écurie en supplément. Le soir, sur l'ordre de l'adjudant Lherude, Gastambides, ricanant sous sa moustache, les conduisait méthodiquement à l'Ours, où ils recevaient l'hospitalité de nuit.

Ce temps écoulé, Flambard et Bigareau, se croyant quittes de toutes dettes, reprirent gaiement le chemin de la chambrée.

Hélas! ils n'étaient encore qu'à l'entrée de cette voie douloureuse où les attiraient Gastambides et leur mauvais destin.

Une grande sortie avait été projetée pour le premier jour de liberté. Bigareau, prétendant que la bière était meilleure à « l'Étoile de Hollande, Flambard opinait pour l'estaminet du « Buveur diligent » où il avait l'œil. Il affirmait que les chopes y jaugeaient davantage. Tous deux s'étaient promis de se livrer sur le terrain à des études comparatives.

Quel que fût leur désir d'élucider la question au risque d'embrouiller leur cervelle, ils durent renoncer à leur projet ; la sortie projetée fit long feu. Flambard, de passage en la chambrée de Gastambides, ayant omi, en le rencontrant, de porter la main ouverte à la hauteur de l'œil, se vit sur-le-champ recommandé aux bons soins de l'adjudant de service qui le consigna.

Et d'un.

Quant à Bigareau, avec qui l'ex-colonel venait de s'entendre relativement aux libations convenues, un mot suffit à ses espérances de villégiature et de beuverie.

Et de deux.

A dater de ce jour, par suite de machiavéliques combinaisons dont le hasard se lavait quotidiennement les mains, la vie à la caserne devint insupportable aux deux amis.

A chaque instant ils s'entendaient avec ahurissement appointés de corvée de quartier ou d'écurie.

Ce n'était point assez qu'ils pinçassent soir et matin l'oreille de « Jules », il leur fallait encore, sans un moment de repos, prévenir et faire disparaître derrière chaque cheval les conséquences naturelles de l'ingestion de la demi-botte et du picotin.

Et malheur à eux quand ils ne se trouvaient pas à l'instant précis pour la réception. C'était pour eux un cas nouveau de punition. S'ils avaient acquis dans l'exercice de ces fonctions un flair véritablement surprenant, que le moindre zéphyr mettait en éveil, une odeur caractéristique trahissait leur présence sans la rendre plus désirable.

Au début de l'attaque, si merveilleuse était la dissimulation de Gastambides et son adresse à les pincer tous deux en demi-cercle qu'ils crurent à la guigne et subirent stoïquement ses atteintes.

Aussi bien leurs souvenirs d'ivrognes qu'ils n'avaient ni revus, ni mis au net, ne retraçaient à leur esprit aucune scène de nature à justifier des représailles.

La série noire continuant, à la longue, ils ne purent ne pas s'apercevoir que toutes ces chiennes de punition qui leur sautaient aux chausses dans tous les coins du quartier étaient découplées par le brigadier sus-nommé.

La vérité se fit jour à leurs yeux, une fureur indicible s'empara d'eux. Provoquer Gastambides, chacun d'eux l'eût fait de grand cœur ; mais, de par ses trente centimètres de galon rouge, il était leur supérieur, et la perspective d'être engagés pour le pas du zéphyr aux disciplinaires d'Afrique ne leur souriait que médiocrement.

Bigareau, d'une nature impressionnable, fut près de se précipiter par la fenêtre symbolique du désespoir. Flambard, que son nom obligeait à plus de vaillantise, le retint par le fond de son pantalon de treillis et la promesse formelle de tirer une vengeance terrible de leur persécuteur commun.

Prenant à part son ami, il lui confia ses projets à voix basse et l'entretint longtemps des voies et moyens qu'il se proposait d'employer pour arriver à ses fins.

Quel était ce plan? la suite de ce récit le fera connaître.

Dès ce moment on put constater un changement radical dans l'attitude des deux conjurés. Loin de bouder aux corvées, de grogner aux consignes, ils devinrent d'une humeur charmante; subissant les plus injustes algarades sans un mot de reproche, sans un geste de dépit, ils cherchaient visiblement à désarmer par leur soumission la rancune de Gastambides, laquelle, ayant d'ailleurs reçu large satisfaction, allait s'affaiblissant de jour en jour.

Comblé d'attentions et de petits verres, chatouillé dans son amour-propre par d'adroites flatteries, le brigadier, qui, tout d'abord flairait un piège, se laissa enguirlander. Il cessa d'accabler Flambard et Bigareau du poids de sa haine hiérarchique. Bien plus, il les admit dans son intimité. Ce fut une imprudence qui devait lui coûter cher.

Déjà les deux amis astiquaient soigneusement leur vengeance. Dès qu'il leur fut permis de sortir, ils coururent chercher l'outillage nécessaire, et telle était leur passion, que, sans avoir tué le plus petit ver, sans avoir étouffé le plus faible perroquet, à jeun, ils revinrent se consacrer à l'exécution de leur projet.

Pour mener à bien leur entreprise, en tenir le secret et se garer des conséquences, il leur fallait des précautions infinies, rien ne fut négligé.

Flambard, qui s'était chargé de la mise en scène, avait donné son role à Bigareau. Il le lui faisait répéter sans cesse, lui serinait les conseils les plus judicieux sur l'intonation, sur l'accent du personnage dans lequel il fallait s'incarner.

Quant à l'attitude et à la tenue du copain, il ne

s'en préoccupait pas, Bigareau devant opérer dans la coulisse.

En même temps, lui, Flambard, plus « à la coule », s'attachait aux pas de Gastambides, le suivait partout comme son ombre. Partout, vous m'entendez bien.

Il fourbissait les armes du brigadier, essuyait ses reproches et sa gamelle, faisait son lit et son possible pour lui être agréable, s'employant en toute circonstance auprès de lui comme un serviteur intelligent et attentif.

Cependant le fruit mûrissait; certain jour, il advint que le brigadier se sentit pressé par la nécessité de faire au chalet dito une visite indispensable.

Flamblard se trouvait à ce moment près de lui; il devina la nature de cette visite; et, pris sans doute d'un besoin semblable, lui emboîta le pas sans mot dire.

Un observateur sérieux eût vraisemblablement remarqué que ledit Flambard, en entrant, tenait à la main un petit sac de papier blanc, et qu'il avait fait un signe cabalistique à Bigareau en observation non loin de là.

Gastambides, lui, pour les commodités de l'opération à laquelle il se livrait sans défiance, s'était accroupi en un coin sombre ayant correctement relevé sur les reins la toile bise — son vêtement le plus intime.

C'était la position que Flambard avait rêvée; tout en venant se ranger auprès de son chef, il secoua prestement le cornet qu'il tenait en main sur son voisin de pose, et sembla s'abstraire lui-même de toutes préoccupations extérieures.

Une voix de tonnerre retentit soudain : « On

demande le brigadier Gastambides chez l'adjudant. Au pas de course. »

A cet appel impératif par trois fois réitéré, l'infortuné brigadier, mettant les morceaux doubles, se hâta de se relever pour se rendre au plus vite où l'appelait son supérieur. Le loup était dans la bergerie.

Gastambides se rajustait en courant. Bientôt il fut à la porte de l'adjudant Lhérude chez qui il se croyait mandé. A tout hasard, chemin faisant, il avait pris en main son carnet d'ordres pour copier des notes au besoin.

Il heurta respectueusement à l'huis; une voix sévère cria : entrez.

— A vos ordres, mon lieutenant, dit-il, prenant la position réglementaire.

— Que me veux-tu ? grogna l'adjudant avec impatience, car il piochait justement une situation embrouillée qui exigeait la tension maxima de toutes ses facultés.

— Mais, mon lieutenant, murmura timidement le brigadier, on me dit que vous m'appelez.

— On, qui ça, on ? Cet on-là s'est fichu de toi, ou tu te moques de moi, toi-même. C'est bien, nous éclaircirons cela plus tard. Tu as ton carnet, à ce que je vois ; écris ce que je vais te dicter.

Or, voici que, tout à coup, la victime de l'association Flambard et Bigareau se sentit prise d'une irrésistible et subite démangeaison à la partie de son individu qui venait de fonctionner.

Quelque énergie que déployât Gastambides à lutter contre la tentation d'y porter la main, d'agaçants titillements, une désespérante irritation de l'épiderme le firent succomber.

Au lieu d'obtempérer à l'ordre et de prendre son crayon, il commença à se frotter avec frénésie.

La vivacité de sa friction décupla l'intensité du mal.

L'adjudant, levant les yeux, en demeura stupéfait tout d'abord.

— Eh bien! fit-il enfin d'un ton courroucé, on ne se gêne plus, paraît-il. En voilà du propre, brigadier, prendriez-vous par hasard mon bureau pour un établissement spécialement ouvert à tous ceux à qui il prend fantaisie de se peloter les régions lombaires? Il vous en cuira.

« En attendant, veuillez écrire sans plus tarder, et Lherude se mit à dicter : Deux jours de salle de police au brigadier Gastambides pour...

— Ah ça! vous êtes fou ou pochard, s'interrompit-il en voyant que son subordonné, au lieu de consigner sur son carnet l'ordre donné, se livrait derechef à ses exercices irrespectueux.

— Pardonnez-moi, mon lieutenant, balbutiait le pauvre bougre qui suait sang et eau, sans cesser de se houspiller lui-même par le fond de la culotte, je ne puis m'en empêcher.

— Très bien, alors huit jours de salle de police. Je vous ferai casser, mauvais drôle. — Fichez-moi le camp, rugit coup sur coup l'adjudant qui devenait de plus en plus furieux en voyant que la progression de sa colère n'était pas un frein assez puissant pour arrêter Gastambides dans ses opérations postérieures.

Celui-ci ne fit qu'un saut jusqu'à la porte; une heure après cette scène, il se grattait encore.

Les conjurés triomphants, rasés dans un coin, le suivaient d'un œil ravi; ils savouraient avec un muet recueillement la coupe de leur vengeance.

Ils se gardèrent de se trahir par une hilarité compromettante; leur satisfaction fut tout intime.

Gastambides s'était enlevé la peau à force de

se frotter; il se vit encore enlever ses galons, et fut mis subséquemment à l'ombre pour insubordination et manque de respect à un supérieur.

Il n'y comprit rien; l'amitié de Flambard à qui il versa ses confidences put seule atténuer l'amertume de ses déboires.

Quant à nos deux bons apôtres, à quelque temps de là, pour célébrer leur triomphe, ils firent au « Buveur diligent » la plus infernale tamponne.

Bigareau, ivre-mort, tomba sous la table; il y passa confortablement la nuit sans être inquiété.

Flambard, à son retour au quartier, fut cueilli par la garde et collé au clou où se trouvait encore l'ex-brigadier.

L'ivrogne, ne sachant à qui il avait affaire, voulut à toute force conter par le menu à son camarade d'infortune ses tribulations passées et la vengeance qu'il avait exercée.

— Vois-tu, vieux frère, fit-il en terminant, le Gastambides est roublard; il a bien esquivé le coup des molettes; mais il n'avait pas l'œil au bon endroit pour couper au poil à gratter!

Chante, ô déesse, la colère de Gastambides, fils et petit-fils des Gastambides de Nanterre. Gastambides y Gastambidès. Quant à moi, simple narrateur je tenterais en vain d'en décrire l'éclat.

Pour être véridique, je me bornerai à relater ici qu'à la fin de sa confession Flambard reçut soudain, en guise de pénitence, un magistral coup de botte qui l'étendit à plat en un coin du cachot où il demeura et s'endormit mâchonnant de sourdes imprécations.

Le lendemain, dès l'aurore, le maréchal des logis vint ouvrir les portes et donner la volée aux prisonniers. A la lumière, Flambard reconnut son impair et son ex-brigadier. Le gaillard avait du poil, il offrit une réparation par les armes qui fu acceptée sans cérémonie.

La permission demandée au colonel ayant été accordée, le prévôt Ferlance organisa sur-le-champ la partie de fourchette. Dès que les adversaires, placés sabre en main en face l'un de l'autre, eurent reçu le signal, ils croisèrent le fer et le combat s'engagea.

Pour éviter un coup de banderole, Flambard ayant voulu bondir de côté glissa et vint tomber aux pieds de son adversaire, celui-ci l'aida courtoisement à se relever.

A la seconde reprise, Flambard, toujours mal chanceux, ne put éviter un coup de pointe qui lui fit à l'épaule une large estafilade et mit fin au combat.

L'honneur étant satisfait, le blessé fit noblement des excuses à Gastambides qui lui-même reconnut ses torts. On se tendit la main avec cordialité.

Le colonel s'était beaucoup amusé du récit qu'on lui avait fait de cette partie liée entre ses dragons. Il fit rendre ses galons au brigadier sous condition de signer un traité de paix avec ses hommes, c'était affaire faite déjà.

La réconciliation complète fut arrosée au « Buveur diligent » où Flambard et Bigareau firent galamment les choses. Si galamment même, que la salle de police faillit encore donner l'hospitalité de nuit aux trois dragons.

L'adjudant ferma les yeux pour une fois.

Aujourd'hui tout est pour le mieux dans le meilleur des régiments.

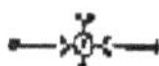

III

LE CHIEN DE L'ADJUDANT

On l'appelait Bastringue, le chien, pas l'adjudant qui était Lherude, notre vieille connaissance du 53e dragons.

Lequel des deux méritait le mieux la qualification de « sale bête » qu'on leur décernait indifféremment à l'un et à l'autre ? Sur cette question, les avis étaient partagés et soutenus avec une égale vivacité.

Et cependant, il y avait un point sur lequel tout le monde tombait d'accord ; il n'était prudent de se frotter ni à l'un ni à l'autre, l'homme pinçait sans rire, l'animal mordait sans aboyer.

On disait de celui-ci et de celui-là : « Ce sont deux mauvais chiens. » Bien plus, d'aucuns prétendaient découvrir entre eux une vague ressemblance, même regard insolent, hardi, même air rogue.

L'homme ressemblait au chien autant qu'un homme peut ressembler à un chien ; tous deux très près du type connu de ces vieux porte-sardines grognons et rébarbatifs, qui ne se plaisent qu'à punir, et à qui le chef confie de préférence à l'escadron le commandement du peloton de chasse.

Malheur au dragon qui se trouvait sur le chemin de Lherude quand celui-ci faisait sa ronde dans le quartier.

Des bottes au képi, par devant, par derrière, le pauvre bougre subissait une inspection minutieuse. L'adjudant lui faisait écarter les jambes pour examiner en dedans et en dehors, tiraillait ses boutons afin de s'assurer de leur solidité, le tournait, le retournait sur toutes les coutures.

Le plus souvent, l'examen se terminait à la satisfaction du supérieur qui trouvait moyen de glisser dans le creux de la main à son subordonné une corvée, ou quelque consigne pour la plus légère incorrection dans sa tenue. Il était rare qu'on y coupât.

Le sieur Bastringue, lui, « exerçait » chez ses congénères au régiment d'une façon non moins désagréable.

Il n'était braque ni levrette du 53e dragons qui, au moment de lever innocemment la patte auprès d'une borne préalablement flairée, n'eût à l'improviste reçu quelque atteinte des crocs du terrible chien.

Le dragon, houspillé par le maître, s'en allait bougonnant et portant bas l'oreille : l'animal mordu par le chien détalait hurlant et la queue dans les pattes.

Notez encore que cette canaille de Bastringue ne possédait aucun de ces talents, dits de société, qui honorent la profession de chien du troupier. Ce n'est pas à lui qu'il eût fallu demander de faire le mort ou le beau, d'attendre immobile sur ses membres inférieurs, — parlant par respect, — qu'on lui passât par les broches un brûle-gueule allumé, ou une gamelle pleine de soupe, il eût dévoré son instructeur.

J'irai plus loin, il semblait avoir, comme son maître, voué une haine toute particulière aux cavaliers de l'escadron auquel il appartenait ; aux simples soldats, s'entend. Quant aux officiers, ils n'avaient rien à redouter de lui, Bastringue respectait l'épaulette. Sur un signe de son patron, il eût été déposer ses respects à la porte du colonel ; mais il n'était amène qu'avec ses supérieurs.

L'affaire prenait une autre tournure quand quelque lapin de guérite, maladroit ou mal intentionné, venait à lui poser sur la patte sa lourde botte d'ordonnance ; un coup de dent coupait court à cette plaisanterie d'un goût douteux.

Plus d'un soldat portait ses marques et se gardait de s'en plaindre. Lherude eût, sans rien écouter, donné raison à son chien et gratifié sa victime d'une bordée d'injures extraites du catéchisme poissard dont il eût pu réciter par cœur l'édition la plus complète.

Si nul n'osait à l'escadron déclarer ouvertement la guerre à Bastringue, il n'était personne qui ne s'ingéniât à lui jouer dans les petits coins les tours les plus pendables.

Il faut tout dire, à son entrée, au corps, on s'était fait un cruel plaisir de lui froisser les côtes en fermant brusquement les portes au moment où il passait sans défiance. Se hasardait-il aux cuisines sans son maître, il était rare qu'un préposé au rata ne se trouvât pas à point nommé sur son chemin pour le coiffer d'un baquet d'eaux grasses, ou pour lui détacher adroitement un coup de balai en travers des reins.

Aux écuries, les lascars de garde, non contents de lui envoyer dans les pattes, quand ils le trouvaient seul, leurs outils professionnels, fourches et chambrières, avaient inventé un truc inédit, je pense, à l'effet de lui détériorer le physique, même en la présence de son protecteur.

Voici quelle était la combinaison : à l'heure où l'adjudant procédait à la visite réglementaire, un des hommes d'écurie se postait près d'une bête rétive ou chatouilleuse. S'il arrivait que Mᵉ Bastringue vînt flaner à portée du cheval, le dragon se hâtait de pincer sournoisement sa bête sous prétexte de l'étriller, de manière à lui faire détacher sans crier gare la plus furieuse ruade.

La conséquence de cette manœuvre se devine : le plus souvent un formidable coup de pied que le chien recevait pile ou face, en tête ou en queue.

Au prix de ses nombreuses mésaventures, Bastringue avait acquis la prudence du serpent à telle dose qu'il devenait tout à fait impossible de le prendre sans vert. Mais son caractère de chien, aigri par les mauvais procédés, se développait de jour en jour d'une façon plus insupportable.

Bigareau qui, l'on s'en souvient, jouissait d'une nature rancunière, prit, à la suite d'un démêlé personnel avec Bastringue, en mains la cause de l'escadron, et la résolution de tirer une vengeance exemplaire de l'ennemi commun.

Flambard et Gastambides, appelés en consultation, se prononcèrent pour la farce légendaire de la casserole à la queue.

A priori, l'idée semblait excellente, mais son exécution fut reconnue impossible *a posteriori* : Bastringue étant venu au monde, privé de cet appendice caudal que Dieu donne aux chiens pour leur permettre de faire signe qu'ils sont disposés à rire.

Un nouveau tour de gibecière devenait nécessaire ; ce fut encore Flambard qui se chargea de monter la pièce et de régler les détails de la mise en scène.

Il s'agissait avant tout d'inspirer au chien assez de confiance pour qu'il se laissât saisir et immobiliser dans la position requise aux fins de l'opération préméditée.

Quelques morceaux de viande offerts par Flambard avec de douces paroles endormirent la défiance de Bastringue, et valurent au dragon ses bonnes grâces.

Le moment psychologique approchait ; les conjurés, s'étant procuré divers condiments énergiques, — sel, poivre, piment, vinaigre et moutarde, — fabriquèrent une infernale mixture que Flambard recueillit sur-le-champ dans un petit pot, pour l'utiliser en temps et lieu.

Ledit Flambard avait aussi fait l'acquisition d'une large spatule, objet indispensable pour servir à l'exercice de la vengeance.

Certain jour, après une abondante et insidieuse distribution de tripes, Bastringue, s'étant familiarisé avec Flambard au point de se laisser caresser, notre homme découvrit en hâte son pot, y plongea sa spatule qu'il retira couverte d'une épaisse couche de la mixture ci-dessus décrite.

A ce moment, saisissant d'une main le chien par la tête, il lui appliqua prestement de l'autre l'enduit déposé sur la spatule à un endroit que vous devinez et qui se trouva de ce fait entièrement dissimulé, comme un œil sous un emplâtre de diachylum.

Le feu était mis, il n'y avait plus qu'à laisser brûler la mèche. Flambard lâcha Bastringue qui s'en vint nonchalamment dans la cour du quartier, se pourléchant les babines.

A peine avait-il fait dix pas que de légers frissons nerveux semblèrent courir le long de son échine. Brusquement, il donna de la tête en arrière, comme si quelque chose d'insolite se fût passé chez lui.

Puis il reprit sa marche pour s'arrêter court aussitôt.

Un grand saut de côté qu'il exécuta sans cause apparente prévint les dragons aux aguets que le sinapisme commençait à opérer.

Tout d'une pièce Me Bastringue s'était allongé sur le flanc. Pour considérer le cas de plus près, tendant la cuisse de tout le développement des nerfs extenseurs, il s'était mis à flairer avec inquiétude cet onguent si singulièrement posté.

L'odeur ne lui apprenant rien, la dégustation lui parut nécessaire sans doute pour qu'il sût à quoi s'en tenir et rentrer dans la libre pratique de ses débouchés naturels.

L'essai ne fut pas heureux; au premier coup de langue qu'il donna, Bastringue se sentit simultanément attaqué en face et par derrière.

Il se redressa d'un bond, tirant la langue, furieux, l'œil injecté déjà, secouant frénétiquement la tête.

Bientôt sollicité de reprendre ses travaux de siège, le malheureux chien se vit réduit à se lécher encore; ce fut une nouvelle source de douleur.

An paroxysme de la fureur, il poussait maintenant des aboiements lamentables, tournait sur lui-même comme une toupie, et se livrait désespérément à cet exercice bien connu qu'on nomme : « la brouette ».

Ses victimes, les chiens du régiment qui s'étaient précipités de tous les coins du quartier, attirés par ses cris de détresse, trouvant l'occasion favorable, l'attaquaient de toutes parts et le criblaient de morsures.

Il rendit le premier coup de dents, mais il dut s'enfuir à la fin, harcelé par une meute hargneuse et avide de représailles, qu'il entraîna à ses trousses, bondissant comme une chèvre folle, écumant et hurlant de rage.

Son maître eut beau le rappeler, il ne rentra que trois jours après, ayant manqué six fois à l'appel..., et dans quel état!

L'adjudant soupçonna quelque malice; mais il eut beau chercher, il ne put découvrir un coupable, L'espèce paya pour l'individu; pendant toute une semaine, les hommes de service eurent double ration de bloc et de corvées.

Ce procédé d'apaisement par intimidation eut pour résultat de chauffer à blanc la rancune des dragons. Un véritable conseil de guerre fut assemblé; tous y furent convoqués, tous s'y rendirent.

En vertu de cet axiome que Gastambides cita « Ce qu'il y a de meilleur en l'homme, c'est le chien », on résolut de s'attaquer à Lherude cette fois encore, en la personne de Bastringue. On convint de le poursuivre de meute à mort, jusqu'à ce qu'il eût rendu le dernier soupir.

Flambard avait vidé le fond de son sac, il passa la main.

Un vieux chevronné, Lapinte, ayant proposé d'offrir à Bastringue un régal composé d'éponge frite fortement salée et d'une jatte de lait, cette communion sous les deux espèces ne réunit qu'un nombre restreint de suffrages.

D'un côté, le chien pouvait fort bien se refuser à absorber ; de l'autre, en cas de décès, l'autopsie amènerait forcément la découverte du complot, et un redoublement de mistoufles pour l'escadron.

— Enfin, ajouta plaisamment un loustic, en lançant un coup d'œil railleur à Lapinte, chacun sait que certains hommes boivent comme des éponges sans crever pour cela.

Il fallait en finir d'une manière ou d'une autre ; chacun donnait son avis, quand Bricole, cavalier de première classe, qui n'avait pas encore parlé, demanda la parole et s'exprima en ces termes :

A vos rangs ! — Fixe ! — ouvrez le tympan, attention. Point de gêne entre nous, n'est-il pas vrai, camarades ? Pas besoin d'avoir le trac qu'on me prenne en flanc ou par derrière pendant que je ferai face ?

« Pour lors, à la question, maintenant, par quatre, au trot.

« Il s'agit, primo, de nous débarrasser d'un mauvais chien qui est cause qu'on nous bloque et qu'on nous moleste à toute heure du jour et de la nuit.

« Secundo, d'embêter un autre mauvais chien-censément, qui nous fiche à l'ours aussi aisément que le major emmène son épouse à la campagne.

« Tertio, faut manœuvrer obliquement de manière qu'on ne trouve pas l'auteur de la chose, ou qu'on n'ait rien à lui reprocher rapport à la besogne.

« Très bien, c'est compris. J'ai mon plan, un chouette plan, vous verrez, ça me regarde seul.

« Vous le savez, ou vous ne le savez pas, cela m'est inférieur, j'étais braconnier de mon état avant d'être dragon. A l'affût, je fais venir, quand il me plaît, la bête qu'il me faut sous le canon de mon fusil, « où passe la hase, le bouquin se précipite ».

« Assez causé, suffit; s'il y a des confrères ici, on m'entend. Quant aux autres, de la graine de garde peut-être, inutile de jaser davantage.

« Comme le photographe de Paris, j'opère moi-même, et je ne montre pas mes clichés.

— Tonnerre de Dieu! quelle platine, ce sacré Bricole, s'exclamaient avec admiration les bisets de l'escadron.

— Les ordonnances du colonel et de l'adjudant sont-ils de la noce? demanda l'orateur visiblement flatté de l'attention soutenue qu'on lui accordait.

— Présents! firent en même temps les ordonnances en question.

— De mieux en mieux; toi, Beaupoil, paraît que, depuis trois jours, le colonel est obligé de faire renfermer sa chienne pour l'empêcher de se compromettre avec le civil.

— Hermétiquement, confirma le brosseur interpellé.

— Bon, très bon, alors, l'affaire est dans le sac.

« Après demain, le colo passe une grande revue; ce jour-là, dès quatre heures du matin, toi, Reverdel, continua Bricole s'adressant cette fois à l'esclave de l'adjudant, tu me confieras, pour quelques minutes, le pantalon numéro un du patron. J'irai le brosser moi-même au logis du colonel où Beaupoil aura soin de me laisser entrer.

« J'ai deux mots à lui conter là.

« Chose faite, on cueillera la poire, et si Lherude

ne nous délivre pas lui-même de son chien, je ne suis qu'un imbécile, et vous n'en êtes tous qu'un autre.

« Fermons la boîte, assez vendu. Rompez.

— *Amen*, conclut Gastambides qui savait le latin.

Tel était l'aplomb de ce sacré Bricole, comme disaient les dragons, que chacun aurait parié déjà que le gaillard viendrait à bout de son entreprise.

— Quel dentiste il ferait, cet animal-là! grommelait avec une pointe d'envie Flambard, dont l'expédient avait fait long feu.

Le jour de la revue, dès l'aube, Bricole, imperturbable, et toujours boutonné, avait fait au domicile du colonel la visite annoncée. A l'heure de la diane, les hommes de garde l'avaient aperçu reportant chez l'adjudant le pantalon qui lui avait été confié.

Quelque empressés qu'ils fussent à laver, cirer, fourbir, astiquer, mettre en ordre linge et vêtements, armes et harnachements, les conjurés ne pouvaient se défendre de s'arrêter de temps à autre pour suivre d'un regard curieux Bricole qui se livrait avec le plus beau sang-froid du monde à ses multiples occupations.

Enfin, les trompettes ayant sonné l'assemblée, chacun vint au plus vite prendre sa place dans le rang, impatient d'assister au spectacle promis.

Bastringue, paresseusement étendu sur le flanc à la porte de l'adjudant, attendait que son maître sortît pour l'accompagner, selon son habitude, sur le front de l'escadron.

L'appel venait d'être rendu à l'officier de semaine, quand le grand chef, suivi du lieutenant-colonel et du major, fit son entrée au quartier.

Au cri de : « Hors la garde! » Lherude s'était

précipité pour emboîter le pas au colo, et arriver avec lui devant les hommes.

Bastringue trottait en serre-file.

Le groupe s'arrêta en face de l'escadron, et le colonel, se dirigeant seul vers la première ligne, commença son inspection.

Or, à ce moment même, une scène bizarre se passait sous les yeux des dragons, et attirait l'attention des officiers.

Me Bastringue, après avoir flairé curieusement le pantalon de son maître, ne s'était-il pas avisé de lever l'aileron, et d'injecter ledit vêtement de certain liquide que, dans leur langage imagé, les troupiers appellent « sirop de vessie ».

Ce n'est pas tout encore, non content de cette monstrueuse incongruité que le propriétaire de l'objet contaminé n'avait pas remarquée, chacun le vit bientôt se dresser contre Lherude, irrévérencieusement, avec un mépris évident de la hiérarchie et de leur situation respective à tous deux.

Au contact du chien, Lherude avait tressailli; averti sans doute par une sensation de fraîcheur du procédé inqualifiable dont son favori s'était rendu coupable, il demeurait comme frappé de stupeur, sentant sans comprendre, regardant sans voir.

A ce tableau bien fait pour dérider le plus noir hypocondriaque, le fou rire s'était abattu en rafale sur l'escadron, mouillant les yeux, tordant les côtes, fendant les bouches jusqu'aux oreilles, tressautant sur tous les ventres des hommes du premier rang, arrachant des cris et des sanglots aux hommes du second.

Tout d'abord, le colonel avait froncé le sourcil en voyant tous ces visages joyeusement convulsés.

Comme il remarquait que tous les yeux étaient fixés sur un point situé derrière lui, il prit le parti de se retourner.

L'image de l'adjudant aux prises avec son chien frappa sa rétine; la mine de l'un était si déconfite, la pantomime de l'autre si excentrique qu'il ne put à son tour retenir un formidable éclat de rire qui éveilla sur toute la ligne de bataille un écho prolongé comme le grondement du tonnerre.

— Ah çà! mon garçon, fit-il dès qu'il eut recouvré la parole, il me semble que vous permettez à votre chien des familiarités compromettantes? Ou plutôt n'est-il pas enragé cet animal-là?

« Débarrassez-vous de ce gueux, poursuivit-il d'un ton plus sec, il me déplairait fort d'être témoin de nouveau d'une semblable manifestation.

— Vous serez obéi, mon colonel, dit simplement Lherude, et, saisissant Bastringue par la peau du dos, il l'entraîna derrière les écuries.

Un coup de feu qui résonna soudain fit connaître le dénouement.

La comédie finissait comme un drame, les rires cessèrent.

Bricole avait tenu parole; heureusement pour lui on ne soupçonna pas qu'il avait joué un rôle en cette affaire; il eût pu lui en cuire.

Huit jours après l'événement, Lherude demanda à permuter, et l'obtint.

Bien qu'il ait quitté le régiment, nul n'a trahi le secret de Bricole.

Comment celui-ci parvint-il à atteindre le but qu'il s'était proposé? Bien fin qui vous le dirait.

Flambard m'a conté l'histoire, mais il s'est refusé péremptoirement à s'expliquer sur ce point délicat.

Il m'a renvoyé pour plus amples renseignements à Bigarreau, qui lui-même m'a prié de m'adresser directement à Bricole.

Celui-ci m'a carrément envoyé... à la balançoire.

III

LE COUP DU PHOTOGRAPHE

Ils étaient trois chasseurs à pied, — inutile de vous dire le numéro de leur bataillon ; le plus haut de l'armée, si vous voulez, cela importe peu à mon récit. — Ils étaient trois chasseurs à pied, dis-je, que l'on nommait, — ils se nommaient eux-mêmes, — Léchart, Boissec et Chalumaux.

Les deux premiers avaient reçu le jour, — pendant la nuit peut-être, — Léchart à Limoux, Boissec à Pézenas.

Avant son entrée au corps, Léchart, acrobate,

fils d'acrobate, somnambuliste et cartomancier, exerçait, non sans profit, sa profession quelque peu fantaisiste aux environs de Toulouse et de Périgueux.

Lui, Boissec, avait été photographe ambulant; pauvre métier qui lui permettait à peine de vivre en crevant de faim, bien qu'il garantît la ressemblance — pur cliché de son boniment. — Heureusement, il avait eu, pour l'aider dans ses épreuves, deux puissants réactifs contre l'adversité : la jeunesse et la gaieté.

Léchart et Chalumaux s'étaient liés au bataillon; au physique, on les eût pris pour deux jumeaux, des types du Gascon frisé, brun, barbichonnant. Au moral, leur ressemblance apparaissait plus grande encore, même insouciance, même escrime comique de l'esprit.

Quant à Chalumaux, il venait du Nord comme « aujourd'hui la lumière ». C'était le fils d'un vendeur de contremarques au théâtre de Donchery dans les Ardennes.

Figurez-vous un gros gaillard, calme, froid, bien planté, large d'épaules, à l'œil clair d'un bleu d'acier, aux lèvres minces, portant moustache blonde et la barbiche d'ordonnance, en fer à cheval.

Il était de la même classe que nos deux Gascons et de la même escouade; il devint leur ami.

Bien qu'il fût né mystificateur et de joyeuse humeur, il conservait en toute occasion le sérieux le plus imperturbable.

Il rasait à froid les naïfs que ses compères blaguaient avec une verve toute méridionale; les victimes n'y gagnaient rien, au contraire.

De plus Chalumaux avait la rage du calembour, — cette fiente de « l'esprit qui vole ». Il faut avouer que son esprit fientait terriblement, au point de laisser parfois supposer un dérangement de ses facultés mentales.

C'était lui qui, certain jour, feignant de lire un journal, annonçait gravement à ses auditeurs ahuris : « De source officielle, pour parer aux inconvénients qui résultent de la difficulté qu'éprouve l'intendant à s'approcher du champ de bataille en temps de guerre, on annonce qu'il va être créé dans chaque bataillon une section de charcutiers militaires ; les hommes de cette section spéciale seront armés de gras doubles. »

Une autre fois, à une revue trimestrielle, comme on énumérait les décorations du général inspecteur dont la poitrine était chamarrée de tous les ordres connus.

— Hélas! dit Chalumaux d'un ton pénétré, je vois bien un ordre qui lui manque, moi, si j'étais ministre, je lui donnerais de suite.

— Quel ordre, Chalumaux ? lui demandait-on.

— L'ordre de renvoyer la classe.

Pourquoi, comment s'était scellé entre Gascons et Ardennais le pacte d'amitié? je ne sais. Ce sentiment naît des contrastes, affirment les psychologues ; je ne m'y oppose pas.

Ce que je constate ici, c'est qu'au bataillon, Léchart, Boissec et Chalumaux jouissaient d'une réputation pharamineuse.

Si les finauds et les anciens qui, chaque jour, les voyaient à la besogne ne mordaient pas à leurs amorces ; en revanche, le joyeux trio pêchaient les bleus et les simples d'esprit comme goujons en eau trouble.

Cette pêche aux niais donnait lieu, le plus souvent, à des scènes d'un comique irrésistible.

D'ordinaire, la farce comportait deux actes ; au premier, le patient déconcerté, ahuri par nos deux Gascons était promptement amené à un état voisin de l'idiotisme; on l'abandonnait pour un moment.

Au second acte, apparaissait Chalumaux, le bon compère, toujours impassible. Sous couleur d'aide et de consolation, il reprenait en sous-œuvre le malheureux qui avait servi de tête de Turc aux copains et l'*accablait de ses fumisteries abracadabrantes*.

A l'*escouade* où exerçaient Léchard et Cie, se trouvait aussi Le Guadec, Breton bretonnant de la vieille Armorique. Il était venu de Penmarch, chaussé de gros sabots, avec ses grands cheveux et ses grands yeux candides et étonnés.

Au bataillon, on lui avait tiré ses sabots, coupé les cheveux; mais il avait gardé ses grands yeux et la candeur de leur étonnement.

Rarement il ouvrait la bouche si ce n'était pour parler de sa lande bretonne, et de Loïk, la gente fileuse aux bras nus, sa fiancée.

Si réservé qu'il se montrât d'habitude, il commit néanmoins l'impardonnable imprudence de confier à Chalumaux le secret de ses sentiments intimes, espoirs et regrets.

Son confident entrevit sur-le-champ la possibilité de spéculer sur la naïveté de Le Guadec, et courut verser au guichet de l'association la confidence qu'il avait reçue.

Nos trois pratiques tinrent conseil; on reconnut à l'unanimité qu'il devenait urgent de travailler le Breton, et de lui « monter le coup ».

— Comme à la *girafe*, appuya paisiblement Chalumaux, qui, se réservant de porter celui *du lapin à la victime*, laissait pour le reste toute initiative aux camarades, chacun avait sa spécialité.

Léchart offrit une séance d'hypnotisme; Boissec parla photographie; sa proposition fut agréée.

A Chalumaux échut la mission délicate de suggérer à Le Guadec l'idée de se faire « retirer ».

Il importait fort au succès de l'entreprise que deux conjurés, du moins, pussent s'implanter dans les bonnes grâces du sujet à opérer.

Quant à Chalumaux, c'était chose acquise déjà; à la façon d'un sabre, il s'y était implanté jusqu'à la garde.

Aussi bien, la gravité de son maintien, la sobriété de sa parole et de son geste avaient inspiré à Le Guadec un sentiment voisin du respect.

L'Ardennais étant le seul homme du bataillon qui condescendît à lui parler de ses rochers de Penmarch; et des pierres druidiques qu'il appelait des menhirs, le petit Breton s'attachait de plus en plus chaque jour à son futur bourreau.

Comme « le lièvre à l'ormeau », disait celui-ci.

A son tour, Léchart descendit dans l'arène pour briguer une amitié dont il voulait user si déloyalement.

La fertilité de son imagination le servit en cette circonstance aussi bien que la souplesse de son échine gasconne; il s'avisa de conter, en présence de Le Guadec, qu'il savait jouer du biniou. Cette idée géniale l'amena près du poteau.

Léchart eût été fort empêché de tirer le moindre son du tuyau de cornouiller; l'instrument faisait défaut, on le crut sur parole;

Dès lors, Le Guadec, entre Léchart et Chalumaux, s'achemina vers son supplice, sans se douter des noirs projets ourdis contre lui.

Entre hommes, il est naturel qu'on parle des femmes; entre troupiers, c'est une nécessité.

De par la profession de son père, Chalumaux, homme de théâtre approximativement, jouait le dégoûté ; il avait vu trop de déballage, disait-il. La froideur de son tempérament l'éloignait d'ailleurs des violences de la passion.

Léchart procédait tout autrement ; beau fils et Gascon, il se proclamait volontiers un foudre d'amour.

Si la gloire est comme l'a chanté Nadaud,

Une couronne faite de roses et de lauriers,

Léchart avait effeuillé tant de roses qu'il se montrait aussi glorieux que s'il eût mérité les lauriers.

Lui, Le Guadec, se sentait pénétré d'une égale admiration en écoutant Chalumaux, contempteur du beau sexe, et Léchart qui se posait en triomphateur. Si le souvenir de l'amour qu'il avait voué à Loïk lui défendait d'embrasser les doctrines méprisantes du premier, en revanche il ne demeurait pas esclave de la foi jurée au point de ne pas éprouver déjà quelques vagues idées de conquête, et comme le secret désir de triompher en compagnie du second. Tant il est vrai que l'éloignement et la contagion exercent une action délétère sur les meilleures natures.

De là à s'enquérir des moyens de plaire, il n'y a qu'un pas ; ce pas fut vite franchi.

Un beau matin, au moment où le Breton passait près d'une petite lavandière pimpante, accorte, et audacieusement troussée, soudain, son cœur fit toc toc. La fillette ayant décoché au vitrier son œillade la plus meurtrière, il se prit à rougir, et demeura muet, hésitant, sur ce terrain périlleux qu'il abordait pour la première fois.

Pour n'avoir rien à se reprocher toutefois, il renvoya l'œillade. On riposta par un sourire qui fit retourner de même.

L'affaire était engagée ; Le Guadec, exécutant un changement de direction par le flanc droit, revint tout courant au quartier solliciter une consultatton de Léchart, et la clef de l'arsenal de ses séductions. Il espérait trouver là des armes pour acculer la lavandière à la nécessité de se livrer à merci.

Chalumaux se promenait avec Boissec et Léchart quand Le Guadec aborda ce dernier. Il lui laissa formuler sa demande.

— Peuh! fit-il, pour une coureuse que tu as rencontrée sur les remparts ; à quoi bon mettre des mitaines?

— Mais non, tu te trompes, protesta énergiquement le Breton, il s'agit d'une gentille lavandière ; à preuve qu'à l'endroit où je l'ai rencontrée, elle lavait...

— Il ne faut jurer de rien, interrompit Chalumaux en ricanant.

— Au bord de l'eau, continua Le Guadec achevant sa phrase.

— C'est différent. En ce cas, elle doit être fraîche, au moins.

Pendant ce colloque, Boissec tournait les pouces d'un air désintéressé.

Léchart semblait rêveur.

— Il faut lui envoyer ta photographie et une mèche de tes cheveux, articula-t-il tout à coup.

Hélas! deux fois hélas! quelque faciles que parussent ces choses, on se heurtait à l'impossible en face de l'une et de l'autre.

Jamais Le Guadec n'avait posé devant l'objectif; et, quant à envoyer une boucle de cheveux, il n'y fallait pas songer, le troupier était tondu à l'ordonnance, ras comme braque. Chalumaux lui démontra surabondamment qu'il n'y avait pas mèche.

A son tour, Boissec entra en scène.

— Je suis photographe de mon métier, dit-il simplement, et je me charge de retirer le camarade dans le goût de chic.

— Toi? fit Chalumaux d'un air soupçonneux.

— Moi-même.

— Cela me coûtera-t-il cher? demanda le Breton non sans quelque défiance ?...

— Pas un radis. Je travaille pour l'honneur et le plaisir d'être agréable aux amis.

— A la bonne heure, bravò, tu es un vrai zig, s'écrièrent à la fois Léchart et Chalumaux.

Déjà, Le Guadec le remerciait avec effusion.

— Ce soir, au clair de la lune, je ferai ton portrait derrière le quartier.

— Je croyais qu'on avait besoin du soleil pour opérer, objecta timidement le Breton.

— Erreur, mon bon, le soleil fait cligner de l'œil; la lumière de la lune est bien plus douce. Si les photographes travaillent de jour, c'est qu'ils tiennent à dormir pendant la nuit; un truc comme un autre.

— Ensuite, comme il me faut emprunter l'appareil d'un confrère, je ne pourrai marcher que quand il se reposera.

— C'est évident, dit Léchart, d'un ton péremptoire, pour couper court à toute objection.

— Au clair de lune ou de l'autre, conclut Chalumaux, peu importe, pourvu que le portrait soit réussi.

— C'est tout de même vrai, fit enfin Le Guadec convaincu.

L'appel sonnait, les quatre chasseurs se séparerent en répétant tous les quatre : « A ce soir, derrière le quartier. »

Mais trois d'entre eux murmurèrent en aparté : « L'affaire est dans le sac. »

A l'heure dite, chacun se trouva exact au rendez-vous.

Boissec s'était hâté d'arriver le premier pour dresser son appareil sur une sorte de tréteau, l'artiste avait disposé un court tuyau de poêle, braqué comme une lunette.

Ce tuyau, à demi caché par une couverture de lit, recélait une de ces énormes seringues dont on se sert pour laver les voitures.

Boissec l'avait gorgé d'eau en tirant à lui le piston ; il n'avait plus qu'une simple pression à exercer pour lui faire cracher son liquide.

La victime vint d'elle-même s'offrir à ses coups.

Le Guadec avait arboré sa plus belle tenue ; il se présentait la tête haute, ciré, luisant, astiqué sur toutes les coutures, et parfumé comme si son portrait eût dû conserver le goût.

Léchart et Chalumaux l'accompagnaient.

Le Breton se planta de suite à quatre pas de l'appareil.

Boissec, s'ingéniant à lui faire prendre une posture difficile à garder, lui renouvelait sans cesse l'impérieuse recommandation de ne pas bouger.

Après un quart d'heure de préparation, l'opérateur se déclara satisfait et se dirigea vers son instrument.

— Attention, commanda-t-il. Léchart et Chalumaux s'écartèrent au plus vite.

Le coup de théâtre était parfaitement machiné, il réussit à merveille :

En même temps qu'il déchargeait sa seringue au nez de Le Guadec, Boissec, d'un coup de pied, culbutait le tréteau sur lequel reposait son appareil ; le tout s'effondrait avec un terrible cliquetis de ferraille, et le mauvais drôle lui-même, feignant d'être blessé, se laissait choir en gémissant.

Ses deux complices se précipitèrent à son secours, sans paraître s'occuper de Le Guadec, qui, dégouttant d'eau, aveuglé, ahuri, se frottait les yeux sans rien comprendre.

— J'ai trop chargé l'instrument, il est brisé, s'exclamait lamentablement Boissec, que va dire celui qui me l'a prêté ?

Chalumaux, ayant relevé le photographe, adressa la parole le premier, à son trop naïf client.

— Sacrebleu ! qui diable t'a mis en cet état-là ? lui dit-il avec un étonnement simulé ? »

Et, tirant de sa poche un mouchoir tout préparé qu'il avait frotté de noir de fumée, le traître se mit à éponger la figure de Le Guadec qui, du coup, permuta dans la race nègre.

Le tour était si imprévu, et si prestement exécuté, la tête de l'épongé si drôle, que nos deux Gascons, qui n'avaient pas trouvé « cela », en demeurèrent eux-mêmes stupéfaits.

— Au large, à la paille, tirons-nous des ailes, voilà le chien du quartier lâché ! reprit encore Chalumaux qui, désormais, dirigeait l'action de main de maître.

En effet, un bruit de pas et de voix se faisait entendre ; chacun fila de son côté pour regagner au plus vite sa chambre et son lit.

On le devine, ce fut bien une autre histoire quand, à l'heure de la diane, chacun s'éveilla le lendemain.

Le premier qui vit Le Guadec, cria à la garde.

Ce fut un chambard monumental dans la chambrée ; personne ne reconnaissait le pseudomoricaud. Il fut obligé de se nommer, on lui apporta un miroir, il ne se reconnut pas lui-mêmes.

Si l'enfant de la Bretagne avait fait preuve de candeur, il n'était pas naïf cependant au point de ne pas voir qu'on le bernait.

Sous l'empire d'un juste ressentiment, il demanda raison à Boissec qu'il regardait comme l'éditeur responsable de cette sotte plaisanterie.

Naturellement, Chalumaux, le bon apôtre, qui l'avait essuyé, lui servit de témoin.

Léchart assistait Boissec.

Il est difficile de soutenir que Dieu est juste toujours.

En l'affaire, Le Guadec reçut une légère égratignure.

— Le coup du photographe, disait Chalumaux.

Boissec ayant présenté des excuses, les adversaires se réconcilièrent sur le terrain.

Léchart, véhémentement soupçonné par Le Guadec d'avoir trempé dans le micmac de son camarade Boissec, fut condamné par l'intègre Chalumaux à payer une bouteille.

La bouteille fut vidée avec plusieurs autres par nos quatre chasseurs, désormais unis comme les cinq doigts de la main.

Tout est bien qui finit bien.

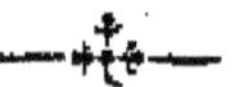

V

HAMED-BEN-BABOUCHA

Peut-être n'avez-vous pas connu Hamed-ben-Baboucha du 3e zouaves? C'était un grand diable bien découplé, à l'œil vif, au nez camard, aux lèvres lippues, noir comme taupe, un vrai « bois d'ébène ».

Les nouveaux débarqués au quartier l'appelaient Amédé; les vieux de la vieille, ses familiers, Babouche.

Qu'on lui donnât l'un ou l'autre de ces noms accommodés à la française, il ne s'en préoccupait guère, et souriait de belle humeur, découvrant le magnifique ivoire de sa denture, aux anciens et aux nouveaux qui lui offraient un petit verre de la liqueur défendue par le Prophète.

Dans une razzia opérée jadis chez les « têtes de pierre » des Beni-Hidja, sa tribu, quelqu'un avait trouvé le petit Hamed pleurant au plus épais d'un buisson de lentisques. Son père, frappé d'une balle, gisait près de lui; sa mère s'était enfuie sans doute.

Ému de sa douleur, un vieux sergent à trois chevrons, après s'être efforcé de le consoler, l'avait hissé sur son sac, comme chevreau pris en maraude et emmené.

Au régiment, on l'avait accueilli, choyé, nourri. C'était à qui prodiguerait les plus affectueuses caresses à l'orphelin kabyle. Les officiers le bourraient de friandises; chaque soldat le regardait comme son fils.

Cette collection de pères avait fait d'Hamed l'enfant le plus gâté, disons le mot, le plus vicieux du monde.

A peine âgé de quinze ans, il jurait déjà comme un païen, buvait comme un sonneur et se fichait de Mahomet comme de sa vieille chechia.

En revanche, il parlait le plus pur français du corps de garde, savait la canne, pratiquait la boxe, détachait le chausson, tirait le sabre et le fusil dans la perfection, et possédait également à fond sa théorie et le manuel pratique du parfait chapardeur.

Quand j'eus l'honneur de faire sa connaissance, il entrait dans sa vingt-deuxième année, et servait, je l'ai dit plus haut, en qualité de simple soldat au 3e zouaves, le régiment de ses pères, à cette époque en garnison à Médéah, dans la province d'Alger.

Hamed-ben-Baboucha était un solide luron, un gai compère, prompt à chiffonner les petites blanchisseuses sous les grands arbres de la fontaine des Réguliers, toujours disposé à boire, et prêt à danser sous les tonnelles odorantes du café Maure au son de la flûte arabe, de la viole et du tambourin.

Bon soldat d'ailleurs, propre comme un burnous neuf, mais fricoteur en diable, et sempiternellement en quête de quelque mauvaise farce à faire.

De son origine berbère, un sentiment lui restait au cœur, vivace : la haine du Juif ; de son éducation par les soldats, ses pères : l'horreur de l'adjudant.

Israël et le chien du quartier étaient les deux bêtes noires du négro. Contre l'un et l'autre, sans cesse, il aiguisait le fil de ses malices et machinait les tours les plus pendables de sa gibecière.

Bien que ses plaisanteries ne fussent pas, le plus souvent, saupoudrées de sel attique, elles dénotaient néanmoins une imagination fertile en joyeux stratagèmes.

En maintes circonstances, Hamed avait eu l'honneur de faire rire le grand chef, aux dépens de ses victimes, et la chance de désarmer sa sévérité mise en éveil par des fumisteries de haut goût.

A quelques pas du quartier des zouaves, dans une masure mal d'aplomb, aux murs bas, stercoreux et lézardés, vivaient en ce temps-là Baba-Djelloul, un vieux juif, et sa femme, Rachel, deux ruines.

Lézardes et rides, la demeure semblait faite pour ses habitants, les habitants pour la demeure.

Baba-Djelloul, de mine cupide et chafouine, aux cheveux tire-bouchonnés et huileux, petit, crasseux, voûté, traînait chaque jour ses babouches fangeuses et son lourd éventaire jusqu'aux portes de la caserne. Là, il offrait aux zouaves du fil, des aiguilles, des brosses, et tous les menus objets nécessaires à la toilette et à l'astiquage, savonnettes et tripoli.

Sa femme, malpropre et rapetassée, aux seins flétris et flasques comme une outre vide, dont l'œil chassieux sécrétait une cire purulente, tenait au logis une échoppe où l'on vendait de tout, le plus cher possible : des étoffes, de l'épicerie, du tabac, des verroteries, de la faïence, de l'eau-de-vie, et mille autres choses encore.

Le tout, entassé dans une pièce étroite et sombre, bazar et capharnaüm, était défendu contre les entreprises des chevaliers du clair de lune par une fenêtre barrée de fer, et une solide porte aux triples gonds scellés dans le mur, munie de triples verrous.

Hamed, plus d'une fois, avait, en échange de marchandises avariées, vu disparaître dans la nuit des poches du couple judaïque ses maigres économies de troupier ; il gardait aux époux une rancune aigrie d'un ferment d'atavisme.

Sa nature, quelque peu gouailleuse, l'incitait moins à la vendetta tragique qu'elle ne le portait vers cette vengeance d'écolier qui martyrise en se jouant l'objet de son ressentiment.

Il entra vite en campagne; pendant quelques jours, il avait lorgné les flacons de tafia, les bouteilles de vin du mercanti, tenant sous son cafetan une bouteille remplie d'eau claire destinée à opérer une substitution au rebours de celle des Noces de Cana.

Quelque prudentes qu'eussent été ses manœuvres d'approche, Hamed s'était senti deviné. Pas un instant, Baba-Djelloul n'avait perdu de vue sa crème d'assommoir.

Quant à tenter un rapt nocturne à l'heure où les deux hibous rentraient au nid, il n'y fallait pas songer. Portes et fenêtres étaient closes de façon à défier tout essai d'effraction. Et d'ailleurs, l'entreprise offrait de tels dangers que le zouave, sans s'arrêter à cette idée qui lui était venue tout d'abord, résolut de mener jusqu'en la demeure de Djelloul, une mine capable d'éclater sans inconvénient pour celui qui mettrait le feu à la mèche.

Or, voici ce qu'il imagina :

Il savait de source certaine que le vieux juif achetait les dattes dont il faisait commerce à Murphi-ben-Caddour, caïd de Chelala, au pays des Ouled-Chaïb.

Les fruits lui étaient expédiés par caisses d'une forme toute particulière, et scellées du sceau du caïd.

Le premier souci d'Hamed fut de se procurer une caisse exactement conforme à celles de Murphi-ben-Caddour. Dès qu'il eut atteint son but, à l'aide d'un camarade qui était de l'affaire, il se mit à affuter, et réussit à prendre un superbe matou, maître coureur des gouttières du quartier.

Sur-le-champ, malgré ses protestations, l'animal fut encaissé et mis au jeûne pour servir d'instrument à la vengeance du zouave.

Au bout de deux jours, quand Hamed jugea qu'il était temps d'opérer, on le vit sortir un beau soir, tenant précieusement sous son manteau la caisse dont nous connaissons le contenu.

Dans sa prison, le chat respirait à peine par quelques petits trous ; il se démenait avec rage.

— Djelloul aura de l'agrément tout à l'heure, murmura Hamed à son complice qui l'escortait.

— De sa vie le vieux youtre n'aura reçu pareilles dattes, fit l'autre en ricanant.

En arrivant au logis du juif, Hamed-ben-Baboucha heurta à la porte, et, sans attendre qu'on lui répondit, déposa la caisse sur le seuil en criant à Djelloul :

— Ohé! sidi, une caisse de dattes de la part de Murphi-ben-Caddour.

Baba-Djelloul, ayant prudemment entr'ouvert le guichet du judas qu'il avait fait pratiquer sur sa porte, put voir dans la rue Hamed et son compagnon qui s'éloignaient paisiblement. Sans défiance, il tira les verrous et se chargea de la caisse.

Nos deux lascars l'avaient guetté du coin de l'œil.

Dès qu'il eut fermé l'huis, ils revinrent en hâte sur leurs pas, et se rasèrent sous la fenêtre afin de ne pas perdre un détail de la comédie dont ils avaient mis les acteurs en présence.

Leur attente ne fut pas de longue durée.

Au moment où le juif, éclairé par sa femme qui tenait une lampe fumeuse, soulevait le couvercle de la caisse, après avoir enlevé le dernier clou, le matou, immobile jusque-là, s'élança soudain hors de sa prison, jurant et soufflant.

De détresse, Rachel se laissa choir et lâcha la lampe qui s'éteignit.

A ce moment même, Djelloul avait la tête au niveau de la caisse; il subit le premier choc, et reçut en plein visage un maître coup de griffes.

Fou de terreur et de surprise, il se rejeta précipitamment en arrière, hurlant :

— El chitan! (le diable) El chitan!

Lui, le chat, bondissant de-ci de-là, cassait la faïence, culbutait les bouteilles, grondant terriblement dans le paroxysme de la fureur.

Djelloul s'était à tout hasard armé de son bâton, il frappait à tort et à travers sur la bête, sur sa femme et sur la vaisselle.

Imprécations, plaintes et miaulements résonnaient dans l'échoppe toujours crescendo.

— Les vieux font sabbat, disait Hamed au copain

qui se tordait de rire en écoutant ce branle-bas.

A la fin, Djelloul se vit de nouveau contraint d'ouvrir sa porte; la pièce était finie.

L'ennemi, lui passant dans les jambes, effectua sa retraite avec la rapidité de l'éclair.

Le juif vit alors à qui il avait affaire: mais, entendant des rires dans la rue, il referma sa porte.

Le lendemain, le mercanti se tenait à sa place habituelle, plus loqueteux que jamais. Son visage portait les traces du combat acharné qu'il avait soutenu contre le diable sortant de la boite.

On eut beau lui demander qui l'avait mis en pareil état, l'enfant d'Israël, flairant une mystification, ne desserra pas les dents.

Quant à Hamed-ben-Baboucha, qui lui avait ménagé cette surprise, il fut moins discret et conta à qui voulut l'entendre comment il avait fait prendre au juif un chat pour des dattes.

C'est de ce jour que naquit au quartier des zouaves cette scie que les soldats ont sans cesse à la bouche : « des dattes! » comme nous disons en France : « des nèfles! »

On se souvient sans doute qu'Hamed était aussi l'ennemi juré de l'adjudant.

Entre ce fonctionnaire et lui un échange de mauvais procédés avait lieu quotidiennement. Le pot de terre contre le pot de fer, hélas!

Plus d'une fois, néanmoins, le soldat avait mis les rieurs de son côté, et son adversaire dans un terrible embarras.

L'adjudant du bataillon où servait Hamed se nommait Cagnasse. C'était un vilain bougre doublé d'un mauvais bougre. Il avait le front bas, les yeux ronds et rouges, un nez de kalmouk, de grosses moustaches, des dents longues et jaunes, des bajoues blêmes et ridées. Ses deux oreilles velues, qui semblaient à moitié décollées, et son poil ras lui donnaient l'apparence d'un bouledogue.

Si son physique n'avait rien d'avantageux, son moral non plus n'était guère avenant. Sa voix de tonnerre ne résonnait que pour punir ou pour jurer; on lui voyait plus souvent le poing fermé que les mains ouvertes. En un mot, il était de ceux qui se gênent pour être désagréables à autrui, l'idéal de l'adjudant.

Aussi le détestait-on avec ensemble au 3e zouaves, où il portait du galon pour le malheur des troupiers en général et d'Hamed-ben-Baboucha en particulier.

L'adjudant se préoccupait peu de l'animadversion dont il était entouré; même il semblait la provoquer par des sévérités excessives.

Et cependant, cet homme farouche, que ses subordonnés appelaient « Cagnasse l'Ours », était l'esclave d'une passion.

A la vérité, cette passion ne compte pas parmi celles qui ruinent et désespèrent le malheureux qu'elles tiennent sous le joug; elle l'eût nourri, plutôt, et consolé.

Cette passion était celle du jardinage. Il s'abandonnait à elle sur un petit terrain à lui concédé par le génie militaire au pied du mur d'escarpe des fortifications.

Là, notre ours amateur de jardins fumait, bêchait, semait, plantait, sarclait, binait et irriguait avec toute la fougue d'une rude nature agissant sur deux biceps des mieux développés.

Travaillez, prenez de la peine,
C'est le fonds qui manque le moins.

a dit le fabuliste.

Le fonds ne manquait pas à Cagnasse; fleurs et légumes y naissant à l'envi lui payaient largement son travail et sa peine.

Au temps où vivaient les personnages de ce récit, le plus beau fleuron de la couronne que n'eussent pas manqué de décerner à l'adjudant Flore et Pomone, si ces deux aimables déesses n'avaient, en compagnie des dieux du vieil olympe, disparu dans les brumes d'un lointain passé mythologique, le chef-d'œuvre de sa culture, dis-je, était un melon monstrueux, invraisemblable, auquel, chaque jour, Phébus africain laissait quelque peu de l'or de ses rayons.

Que de soins il avait coûtés à son auteur, ce magnifique cucurbitacé, dont la semence, confiée à une terre saturée d'engrais plantureux, s'était dégagée de l'humus, poussant ses feuilles à pleine sève !

Que de soucis il lui avait causés ! que d'études il lui avait fallu faire pour parvenir à émonder judicieusement les pousses parasites de la plante, châtrer les fleurs mâles au pollen exubérant, opérer la sélection de l'unique fleur femelle, génératrice du fruit dont il admirait le superbe développement; une mère n'eût pas fait tant pour son premier-né !

Mais aussi, quel orgueil, quel triomphe, quelles jouissances ! quand Cagnasse amenait ses visiteurs en face de ce fils de ses œuvres mijotant sa maturation sous la protection éclairée de ce dôme de verre que le vulgaire nomme : cloche à melon.

Chacun s'entretenait, à cette heure au 3e zouaves, du melon de l'adjudant. Les corvéables du régiment cherchaient à l'apercevoir par-dessus les palissades du jardin; seuls, les gradés étaient admis à le contempler de près.

Juillet touchait à sa fin; le fruit recevait le coup de *feu caniculaire* et prenait chaque jour des tons plus chauds. Autour de sa queue verte encore, son écorce rugueuse commençait à céder sous la pression d'un doigt interrogateur. De subtils parfums, s'échappant de son enveloppe, venaient agréablement chatouiller le nerf olfactif de son heureux propriétaire.

Le melon était à point; il eût été imprudent d'attendre, l'heure du sacrifice sonna.

Un beau matin, Cagnasse trancha la tige-cordon retenant son cher fruit attaché au sol qui l'avait nourri, et l'emporta solennellement à la cantine où, le surlendemain, on devait, en festin de gala, célébrer à la fois la gloire du protecteur, et savourer la chair exquise du produit.

Ham ed-ben-Baboucha sortait de tirer quatre jours de bloc, en vertu d'un ukase signé Cagnasse; il avait, comme tout le monde au quartier, connaissance de la cérémonie dont les préparatifs se faisaient publiquement d'ailleurs.

Il se mit en tête, sinon d'empêcher la fête, du moins de servir un plat de sa façon à Cagnasse et à sa clique.

Du matin au soir, pendant toute une grande journée, ses camarades le virent errer pensif, lui d'ordinaire si expansif. Le soir, son front se dérida soudain, une lueur de joie éclaira son regard. Comme Archimède il avait trouvé sans doute. Il ne put dire : « eureka », ne sachant pas le grec; il se contenta de murmurer :

— Bono besef.

Quel était le projet d'Hamed? — Ne me le demandez pas maintenant. Et même, ce n'est pas sans inquiétude que j'envisage le moment où, pour obéir au devoir strict, imposé à l'historien, de dire toute la vérité, je me verrai contraint de relater ici certain fait scabreux dont le souvenir me poursuit encore dans le silence du cabinet.

Quoi qu'il en soit, Hamed ayant, depuis son accouchement intellectuel, rattrapé toute sa gaieté, tout son entrain habituels, prit joyeusement le chemin de la cantine où était exposé le melon de l'adjudant.

La dégustation devait avoir lieu le lendemain, il n'était que temps de déchaîner le démon de la vengeance ; Hamed s'y employa de son mieux.

Il y avait ce jour-là grand bal à Médéah sur la pelouse qui s'étend aux portes de la ville. Le cantinier et son épouse brûlaient du désir d'y parader dans toute la pompe de leur ajustement de cérémonie. Hamed leur proposa de garder le logis en leur absence.

Les cantiniers acceptèrent de grand cœur, et partirent après avoir mis sous clef tous les liquides de nature à tenter le gardien qu'ils laissaient seul avec le melon, convaincus que rien de dangereux ne pouvait résulter d'un tête-à-tête, même prolongé, entre un zouave et un légume.

Notre homme n'en demandait pas davantage ; la nuit et la solitude le favorisaient, il mit à profit l'une et l'autre.

Quand, pour le quart avant minuit, ses hôtes rentrèrent, Hamed, qui avait permission jusqu'à cette heure, prit congé d'eux, et se hâta de regagner le quartier, sa chambre et son lit, où il s'endormit du sommeil du juste.

Le lendemain, un dimanche, à l'heure de l'absinthe, Cagnasse, ayant libéralement distribué vers l'aube un plein assortiment de consignes, de corvées et de journées de clous, s'achemina, traînant le sabre, heureux du devoir accompli, vers la baraque du cantinier, où déjà ses collègues l'attendaient avec impatience à la buvette.

— Une verte, une verte ; encore un billet pour Charenton, criait-on.

Cagnasse régalant, chacun chantait sa gloire. Sans qu'il y eût concours, chacun s'efforçait d'enchérir sur le voisin.

Au sein de ce concert d'éloges, dont on attaquait l'ouverture avec tant d'enthousiasme et d'ensemble, un homme, cependant, demeurait froid, je dirai même, un tantinet narquois : c'était Panart, l'adjudant du 1er bataillon, vieux pied de banc au regard inquisiteur, aux lèvres minces, au nez pointu, disciple de Saint Fiacre, lui aussi, et rival de l'amphitryon.

A son arrivée aux cantines, il s'était dirigé d'abord vers la salle à manger où déjà trônait majestueusement le melon du concurrent. Il l'avait à plusieurs reprises longuement flairé, donnant des signes manifestes de stupéfaction. Mais il s'était tu ; et maintenant il dégustait son absinthe à petits coups, souriant d'un mauvais rire.

Bientôt le garçon de service apparut la serviette sur le bras.

— Mes lieutenants, annonça-t-il, la soupe est servie.

— Pas trop tôt, mille tonnerres, s'exclama-t-on à la ronde.

— Que la fête commence, prononça solennellement Cagnasse qui se leva ; chacun suivit son exemple.

Dans la salle du festin, le coup d'œil était imposant, l'ordonnance de la table irréprochable et superbe. Au centre, sur un socle voilé d'étoffes aux couleurs nationales, le melon vert et or de l'adjudant se prélassait, flanqué d'assiettes contenant différentes espèces de fruit plus modestes, grenades, figues, dattes, oranges et cédrats ; quelque chose comme l'escorte du drapeau.

Un frisson d'orgueil courut le long de l'épiderme de Cagnasse ; un éclair alluma son œil en présence de ce superbe melon auquel chaque adjudant faisait le salut militaire. Mais à ce moment une odeur pénétrante, qui n'était pas celle de la rose, vint impressionner désagréablement son odorat.

Une inquiétude soupçonneuse se peignait en même temps sur le visage de tous les convives. Nul n'osait dire : « cela sent », mais plusieurs d'entre eux cherchaient à voir si quelque chien ne se dissimulait pas sous la table du festin.

Au grand soulagement de tous, un adjudant découvrit en un coin deux énormes fromages dont la présence expliquait des émanations suspectes, on les mit sous cloche au plus vite ; l'odeur persista néanmoins, on en connaissait l'origine, on ne s'en préoccupa plus. Tant il est vrai qu'il y a beaucoup de préjugés et de parti-pris dans la manière dont nous sentons les choses.

Chacun s'étant rasséréné avait pris place ; l'attaque du potage eut lieu sans plus tarder.

Quand il s'agit d'un melon vulgaire, il est d'usage de le manger après la soupe.

Mais le melon de l'adjudant n'était pas de ces produits maraîchers sans distinction que l'on se hâte d'expédier en avant-garde. Et, d'ailleurs, Cagnasse entendait qu'il présidât jusqu'à la fin à ce repas dont il faisait le plus bel ornement ; nul ne protesta.

En attendant, Cagnasse contait son histoire, — l'histoire de son melon, — à ses voisins de table qui, sans perdre un coup de dents, l'écoutaient complaisamment. Il disait avec attendrissement ses travaux à l'époque des semailles, ses soins à l'éclosion de la plante; ses soucis jusqu'à la maturité du fruit.

Et les hors-d'œuvre, les entrées, les rôtis et les salades s'éparpillaient en tirailleurs sur les assiettes et dans les estomacs des convives.

Plus d'un flacon était vide aussi quand vint le moment de porter le couteau au flanc du melon.

Naturellement, Cagnasse était le grand-prêtre désigné pour le sacrifice.

Ce ne fut pas sans émotion qu'il saisit son cher melon et qu'il lui porta le premier coup.

Autour de lui, chacun le regardait opérer avec un intérêt facile à comprendre.

L'adjudant, le tenant par la queue, le divisait rapidement en tranches d'égale épaisseur, sans pratiquer la section jusqu'en haut, de telle façon que, bien que complètement divisé, il paraissait entier encore.

Dès qu'il eut terminé cette opération, il décrivit une incision circulaire autour de la queue qu'il tenait toujours, et qu'il enleva aussitôt.

Tout d'un coup, le melon s'ouvrit, s'étalant sur les côtés et découvrant son intérieur.

Horreur ! Abomination de la désolation !

Au lieu de cette chair saumonée, douce à l'œil, exquise et parfumée, dont le palais et l'odorat des adjudants attendaient pleine satisfaction, quelque chose de noirâtre, quelque chose d'innommable apparut soudain, en même temps qu'une odeur âcre et nauséabonde imprégnait l'atmosphère.

Il n'y avait plus à s'y tromper, cette fois, ce n'était pas le fromage !

Chacun était demeuré tout d'abord immobile et sans voix. A la stupéfaction succéda bientôt la fureur; une tempête de malédictions éclata dans la salle.

Cagnasse, lui, restait blême; une larme dégringolait sur le poil rude de sa moustache à la vue de son melon souillé, de sa gloire flétrie.

En face de lui, toujours narquois, Papart ricanait; tenant sa serviette sous le nez, il examinait attentivement le melon.

— Voyez, dit-il tout à coup à Cagnasse, en lui faisant remarquer un trou dissimulé dans le pli de deux côtés, c'est par là que l'ennemi s'est introduit dans la place.

Hélas! il devenait inutile de l'en déloger maintenant.

Le cantinier, sa femme et le garçon de salle, attirés par le bruit, étaient accourus; ils se tenaient là, ahuris, épouvantés.

On les interrogea sur-le-champ avant qu'ils eussent pu se concerter; ils ne trouvèrent rien à répondre. Tous trois juraient leurs grands dieux qu'ils n'étaient pour rien dans cette atroce mystification.

Ils disaient avec raison que ces sortes de farces se font toujours chez le voisin.

En réalité, le cantinier et sa femme avaient bien quelque soupçon qu'Hamed-ben-Baboucha pouvait être l'auteur de ce mauvais tour. Pour le dénoncer, il eût fallu conter leur absence de la veille et leur imprudente confiance.

C'eût été attirer sur leurs têtes les éclats d'un courroux redoutable; ils se gardèrent de souffler mot.

Hamed-ben-Baboucha s'était largement vengé; il conta la chose à ses intimes seulement, son secret fut gardé.

On eut beau chercher le coupable, le produit

ne portant pas de marque de fabrique, on ne trouva personne.

Tout le monde finit par rire de l'aventure, à l'exception de Cagnasse qui faillit mourir de male rage.

Aujourd'hui, Hamed-ben-Babouchа a fini son temps de service ; il est retourné chez les Beni-Hidja, ses frères en Mahomet.

Pour lui faire montrer l'ivoire, vous n'avez qu'à lui demander à quelle sauce il accommoda jadis le melon de son supérieur.

L'ex-adjudant Cagnasse, l'ours, habite quelque part, en un coin de nos Ardennes ; il est aussi rentré dans le civil.

Si vous le connaissez, ne lui parlez jamais de son melon, il vous répondrait comme Cambronne à Waterloo. . . . .

« La garde meurt et ne se rend pas ! »

RIPAILLES AU BIVOUAC

I

La route qui conduit de Rosny à Villemomble, aux environs de Paris, passe au pied d'une colline escarpée. Sur le sommet de cette colline, au centre d'un étroit plateau, se profilent à l'horizon les bâtiments d'un petit village : c'est Avron, c'est le plateau du même nom.

Pendant le siège de Paris, en l'an de glaces 1870, au mois de décembre, les rares voyageurs qui se hasardaient encore sur la route de Villemomble avaient sous les yeux, en face d'Avron, un spectacle de nature à retenir leur attention.

Près des gourbis en terre, couverts de neige, affectant une forme conique, disposés en longues files régulières, qui se serraient comme une ceinture aux flancs de la montagne, ils eussent pu croire que quelque peuplade esquimaude ou laponne, délaissant les solitudes glaciales du pôle, avait construit là ses habitations.

Si, poussés par la curiosité, lesdits voyageurs avaient pénétré dans ces demeures plus semblables au wigwam d'un sauvage qu'au logis d'êtres civilisés, ils y eussent rencontré des Français, de gais compagnons même : les vitriers du 22e bataillon.

Cette agglomération de cabanes était le campement d'une troupe de chasseurs à pied chargés de défendre le plateau d'Avron contre les attaques des Prussiens.

Par une des plus froides matinées de ce terrible mois de décembre, avant même que le jour fût venu, et que le camp se fût éveillé, un chasseur, qui, sans doute, était sorti de nuit, suivait, enveloppé dans son manteau, l'étroite ruelle ménagée entre les gourbis ; il marchait de ce pas élastique et allongé qui est l'allure habituelle de cette troupe d'élite.

Il s'arrêta devant la dernière hutte. Là, tirant à lui d'autorité le clayonnage mobile qui tenait lieu de porte, notre homme se glissa prestement à l'intérieur pendant que l'huis retombait sur ses talons.

— Holà ! les dégourdis de la 9e escouade, s'écria-t-il d'une voix joyeuse et bien timbrée, deux sous de camoufle, s'il vous plaît, et subito. Je tiens le déjeuner par les pattes de derrière, et je l'ai dans les pattes du devant. Qui devine la charade ?

« Personne ?

« Allume, allume ; on aura le mot quand on y verra clair.

Aux grognements maussades qui tout d'abord avaient accueilli le visiteur matinal succédèrent de bruyantes exclamations.

On l'interpellait maintenant d'un ton de bonne humeur :

— Tiens, c'est Martige ; quoi de nouveau, vieux lascar ?

— Qu'apportes-tu ?

— Pour sûr que tu as chapardé la ration de bidoche de l'intendant divisionnaire, fit l'un ; le rata du général en chef, surenchérit un autre.

— Turlututu, vous n'y êtes pas, reprit celui qu'on appelait Martige. Ohé ! l'homme de chambre, as-tu bouffé la chandelle ?

« Il me semble, poursuivit-il d'un ton comiquement solennel, que j'ai dit : « Que la lumière soit », et la lumière n'est pas. Me faudra-t-il donc porter mes pas et mon fardeau chez des gens plus éclairés ?

A ce moment, une traînée phosphorescente sillonna les ténèbres, se nouant pour ainsi dire en un point vaguement lumineux ; une flamme apparut tremblotante et blafarde dans le creux d'une grosse main qui la protégeait contre les traîtrises du vent coulis. Le blanc fantôme de la camoufle s'inclinant dans la nuit laissait tomber ses larmes graisseuses sur l'allumette à demi consumée dont il recueillait la dernière lueur.

Alimentée par le coton suiffé, la flamme soudain grandissante élargit le cercle de son rayonnement.

La tête et le buste de l'allumeur surgirent en plein relief de l'ombre qui, peu à peu, reculait devant la lumière, s'attardait encore dans les coins où déjà de rougeâtres étincelles frappaient les armes suspendues aux parois du logis.

Une seconde chandelle ayant été allumée, le lieu de la scène et ses acteurs apparurent distinctement.

Figurez-vous une hutte circulaire, semblable à celle du bûcheron dans la forêt des Ardennes; du centre de cette hutte, un poêle de cuisine vraisemblablement acquis à la « foire d'empoigne », dont le tuyau trouait la toiture gazonnée; autour de ce poêle des pièces de bois et des planches, disposées en chantier sur un plan incliné, formaient un lit de camp. Des feuilles sèches et des bruyères y tenaient lieu de paillasse, les toiles de tente de draps de lit, les sacs d'oreillers, les manteaux et les couvertures des chasseurs couvraient le tout et permettaient aux hôtes de ce logis rustique de se livrer sans crainte du froid aux douceurs du sommeil.

Au moment où avait lieu le colloque que nous venons de rapporter, tous s'étaient assis sur leur séant, et, les yeux encore gros, regardaient curieusement l'auteur de ce réveil matinal.

Il y avait là une dizaine de chasseurs, dix bonnes figures barbues et souriantes, coiffés de pacifiques casques à mèche, ou de mouchoirs à carreaux de couleur, mais chaussés et vêtus, ainsi que l'exigeait la consigne. Et, d'ailleurs, telle était l'inclémence de la température que nul songeait à se dévêtir.

Lui, Martige, se tenait debout près de la porte, embossé dans son manteau.

C'était un homme de moyenne taille, musclé, râblé; son visage, aux traits accentués sans être durs, où se dessinait une fine moustache noire, son œil bleu, intelligent et rieur, une certaine noblesse d'attitude, l'eussent fait remarquer partout, et le rendaient sympathique.

Que le lecteur ne s'étonne pas de son langage, ce n'était pas le premier venu, ce jeune chasseur du 22e.

A la déclaration de la guerre, Martige, avocat depuis deux ans déjà, avait jeté sa toque aux orties, il s'était engagé sans mot dire, et accomplissait son devoir sans pose et sans défaillance.

D'une constitution saine, d'un moral vigoureux, il s'était pris de passion pour son dur métier de soldat; il aimait ses compagnons de péril qui le lui rendaient bien. Ces naïves et loyales natures le regardaient un peu comme un être supérieur et lui étaient dévouées.

Il n'abusait pas de cette influence que subissait, à son insu même, le caporal de l'escouade; et le plus souvent il aidait les camarades de sa bourse et de ses conseils.

Ce n'est pas tout, Martige rendait encore à ses amis des services dont chacun appréciait le mérite : c'était l'un des plus habiles pourvoyeurs de la popote commune.

Vous devinez pourquoi tous l'accueillaient aussi amicalement; on attendait avec impatience qu'il tirât les mains de sous son manteau, on pensait bien qu'elles n'étaient pas vides.

Quand il eut suffisamment éveillé la curiosité des habitants de la hutte :

— Portez armes ! Présentez armes ! commanda-t-il de sa voix sonore.

Puis, brusquement, il écarta les plis de son vêtement, et, d'un seul coup tendant les bras en l'air, brandit triomphalement une paire de lapins de garenne qu'il tenait par derrière, et les jeta sur le poêle.

L'escouade s'était levée comme un seul homme à la vue de ce magnifique et rarissime butin qui promettait un régal numéro un.

— Cet animal de Martige, s'exclamait-on à la ronde, est-il assez débrouillard !

— Où diable as-tu déniché ces oiseaux-là ? lui demandait-on. — Comment les as-tu pris ? — Y en a-t-il encore à la boutique ?

Et l'on palpait les lapins avec attendrissement ; on les soupesait.

— Voulez-vous, reprit Martige, que chacun vénérait à cette heure, savoir comment on s'y prend ?

— Oui, oui, répondit-on.

— Rien de plus facile ; seulement il s'agit d'être assez fort en arithmétique pour démontrer à ces animaux-là les propriétés du chiffre quatre.

— Tu nous fais poser, Martige, dit le caporal Fuzelier ; mais, n'empêche, tu as le droit de cela, mon garçon ; vas-y de la blague, les lapins sont là, c'est le principal.

— Caporal, reprit Martige, je ne voudrais pas manquer de respect à vos galons ; j'ai dit la vérité. Le chiffre 4, vous l'ignorez probablement, est le meilleur piège pour prendre des lapins. Comme j'ai pratiqué à fond l'exercice de cet engin-là, hier, en voyant une piste de lapins dans la forêt de Bondy, où j'étais allé au bois sec, j'eus l'idée d'en construire un et de le tendre sur la passée. Ai-je eu tort ?

— Non pas, fichtre ! répliqua l'escouade.

— Cette nuit, je suis allé visiter mes pièges, j'y ai trouvé ces deux lapins-là ; ai-je eu raison de les engager au bataillon ?

— Oui, parbleu ! fit de nouveau l'escouade.

— Quel dommage, s'écria Marbach, Bourbonnais

roux velu, que nous n'ayions pas de petits oignons pour faire une gibelotte !

— Eh ! farceur, fit Martige, démasquant sa musette pleine de ces précieux tubercules, que ne parlais-tu plus vite ! J'en ai déterré une trentaine en un champ sur la lisière de la forêt.

Un tonnerre d'applaudissements éclata ; un ban fut ouvert en l'honneur du troupier d'attaque qui veillait pendant que les autres dormaient et leur procurait l'abondance au sein de la disette.

Le caporal, visiblement sous le charme, grommelait :

— Ce sacré Martige, quelle sorbonne ! Veux-tu fumer une pipe ? lui dit-il avec élan, et il lui tendait son brûle-gueule noirci dont il avait soigneusement torché le bout dans la paume de la main.

— Merci, caporal, fit l'autre, un peu de petit noir me plairait davantage. Eh ! monsieur du Coquemard, continua-t-il, du feu, de l'eau, chaud, chaud ; un coup de moulin pour une demi-tasse. Je l'ai bien gagnée.

— Cent dieux, oui ! tonna Marbach qui, les mains plongées dans la musette dont son camarade s'était débarrassé, pelotait amoureusement les oignons à la pelure violacée et reniflait à plein nez leur odeur pénétrante.

Bientôt un feu pétillant du bois sec dont le poêle était bourré égaya la hutte de son éclat et de ses ronflements sonores, en même temps que, dans le grand bidon de campement, l'eau commençait à s'agiter pour la danse du bouillon; sucre et café y avaient été précipités ensemble; un charbon ardent opéra la clarification.

La distribution allait commencer par les soins du cuisinier; chaque soldat, sa gamelle à la main, s'était approché du récipient.

— Minute, ordonna le caporal Fuzelier, à tout seigneur, tout honneur, un quart d'extra à Martige.

— Entendu, approuva-t-on, à l'unanimité.

— Pas de refus, merci, camarades, je vous revaudrai cela, dit simplement Martige qui déjà humait à petits coups la portion supplémentaire que lui octroyait la reconnaissance publique.

Le partage ayant eu lieu loyalement jusqu'à la dernière goutte, tous nos chasseurs mirent le nez dans leurs gamelles fumantes où l'air béat et la moustache trempée, ils absorbaient une boisson sinon pourvue de l'arome exigé par les gourmets, du moins hygiénique et réconfortante.

Quand le café, largement additionné d'eau-de-vie, eut été avalé, les richards allumèrent voluptueusement leurs pipes dont les besogneux de l'escouade convoitaient le culot imprégné de nicotine.

L'appel du matin avait eu lieu, chacun fourbissait ses armes, brossait ses vêtements, astiquait son fourniment.

Les conversations, un moment interrompues, reprirent leur cours.

— Puisqu'il y a de quoi festiner, dit encore Martige, il nous faut organiser un frichti dont chacun se lèche les barbes. Point d'expédition au tableau de service pour aujourd'hui; une seule corvée, celle des vivres, à Rosny; donc, nous sommes libres, faisons ripaille.

« Quelles nouvelles à la cave et au garde-manger, demanda-t-il à Romégous, le Gascon, gardien des provisions.

— Trois bouteilles de rouge cueillies à Villemomble, un litre de sacré-chien à boire, la bidoche de l'ordinaire et quelques choux de Bruxelles à manger, répondit laconiquement Romégous.

— A-t-on de la graisse?

— Ce qu'il y a de plus chouette, dit à son tour Castellane le sapeur; de la vraie moelle de bœuf. Hier, en préparant la graisse d'armes pour la compagnie, j'ai eu soin de tirer de côté les morceaux les plus convenables.

— Vive Castellane! Castellane est un homme intelligent; il comprend qu'il faut graisser l'homme avant le fusil; bravo, Castellane!

— Il ne nous manque plus maintenant que du pain.

— Nous en avons, dirent quelques voix.

— Du pain d'avoine, pouah!

— Monsieur aurait-il du pain blanc à nous offrir? grogna Doutre, autre Gascon qui n'avait pas encore soufflé mot.

— Pourquoi non? riposta Martige, et précisément, ce sera toi qui vas l'aller quérir.

— Donne-moi donc vite un mot pour ton boulanger, reprit Doutre toujours goguenard.

— Blague, mais écoute, parodia Martige. Écoute-moi, te dis-je, il s'agit de choses sérieuses. Il nous faut, pour tenir honorablement compagnie aux mets distingués auxquels nous allons faire les honneurs de notre estomac, du bricheton qui ne leur fasse pas honte.

« Or, vous le savez comme moi, il n'en manque pas à Rosny où la garde nationale se gobichonne dans les maisons; ces gens-là sont pourris d'argent, farcis de conserves de toutes sortes.

« Il me semble qu'avec un peu d'adresse, on pourrait leur emprunter quelques pains à rendre à la fin de la guerre; s'ils refusaient de consentir à cet emprunt, on pourrait, d'ailleurs, les leur acheter.

— Et la monnaie? fit Doutre, l'incrédule.

— Ah! dégourdi sans malice, si tu n'as dans

tes poches que de la monnaie de singe et de la poudre d'escampette, c'est que de ta vie tu n'as pissé dans la Garonne, troun de l'air! conclut Martige, imitant facétieusement l'accent de son interlocuteur.

De grands éclats de rire ponctuèrent cette boutade.

— J'accompagnerai Doutre, et je soutiendrai la retraite, proposa Marbach, l'hercule de la bande.

II

TOUT va bien, mes agneaux, fit à son tour le caporal Fuzelier, c'est moi qui conduis la corvée des vivres, je vous embauche tous deux. En arrivant à Rosny, carte blanche; ni vu ni connu. Je prendrai des hommes en quantité suffisante. Vous autres, du doigt, de l'œil; les trente sous se gardent mal, il ne sera pas difficile d'opérer chez eux.

« L'heure approche, le clairon va sonner aux hommes de corvée : c'est le moment de nous démontrer; en route.

Le clairon sonnait, en effet; nos gens partirent.

A neuf heures, on aperçut de loin la corvée qui revenait au camp. Les hommes pesamment chargés, comme cassés sous le faix, cheminaient d'un pas lourd. Parmi eux se trouvaient Doutre et Marbach; ils semblaient échanger de joyeux propos, et plus chargés que les autres.

L'escouade les attendait à la porte du gourbi; on échangea des signes cabalistiques avec Fuzelier qui, sans se retourner, en passant, désigna du pouce par-dessus l'épaule les copains qui le suivaient en souriant.

— L'affaire est dans le sac, affirma Martige avec conviction, allons mettre les petits pots dans les grands. Et il rentra dans la hutte où ses camarades le suivirent.

Bientôt Fuzelier, Doutre et Marbach firent leur entrée; ils étaient rayonnants. En sus des vivres de l'ordinaire, ils apportaient quatre gros pains dorés, et un cervelas, gros comme la cuisse, jurait le Gascon à qui le succès avait rendu toute sa faconde hyperbolique.

— Combien cela vous a-t-il coûté? leur demandait-on.

— Une peur et une envie de courir.

— Quel dommage, ricana Martige, que vous ne puissiez goûter à toutes ces bonnes choses, caporal.

— Hein! que dis-tu? s'exclama l'autre tout interloqué.

— Je dis que vous ne pouvez toucher au bien mal acquis; votre conscience, supérieure à la nôtre, doit vous l'interdire.

— As-tu fini, mon neveu! fit Fuzelier; mon estomac n'a point de galons.

— Finement répondu, caporal, en ce cas, vous n'avez droit qu'à la ration d'un simple soldat.

— Je devrais avoir la part de quatre, au contraire, puisqu'il faut quatre hommes pour un caporal.

— Enfoncé, Martige, le caporal t'a rivé ton clou, mon vieux.

— Oh! ces avocats, répétait d'un ton de bonne humeur le caporal qui frisait sa moustache, visiblement heureux du facile triomphe que son malicieux interlocuteur lui avait diplomatiquement ménagé.

« Ces avocats, ils croient qu'eux seulement savent faire turbiner la langue.

A cette heure, le gourbi abritait tous ses hôtes; la porte, retenue entr'ouverte, laissait pénétrer la lumière à l'intérieur, mais le feu qui flambait dans le poêle y luttait victorieusement contre les rigueurs du froid.

Chacun apportait tous ses soins à l'œuvre commune du frichti.

Les uns épluchaient les petits oignons, essuyant de temps à autre une grosse larme; d'autres nettoyaient les choux. Au dehors, on dépouillait les lapins que les voisins lorgnaient d'un œil d'envie.

Debout près du poêle, le cuisinier avait disposé ses marmites où déjà fondait la graisse détournée par Castellane, où l'eau bouillonnant attendait les légumes et les viandes du pot-au-feu.

Les petits oignons, ayant été débarrassés de leur pelure, on les mit au pot; bientôt, le parfum odorant du roux que tournait le cuisinier vint chatouiller agréablement l'odorat de nos chasseurs.

En grande cérémonie on introduisit dans la marmite les lapins découpés par parties égales, en autant de morceaux qu'il y avait de convives.

On jeta dans le bidon de campement la viande de l'ordinaire et les légumes.

Sous l'action d'un feu vif, tout cela cuisait à gros bouillons dans l'un et l'autre récipient.

Les vitriers, assis au bord du lit de camp, surveillaient dévotieusement la popotte.

On échangeait de gais propos :

— Avez-vous vu le fourrier, comme il allongeait le nez en passant près de la marmite? Ce fricotteur-là vous a un flair de chasse.

— A propos, réclama Martige en s'adressant à Doutre, conte-nous un peu, Fleur de Gascogne, comment vous avez effarouché la galette des soldats citoyens.

Demander une histoire à Doutre, c'était le chatouiller au bon endroit, aussi ne se laissa-t-il pas tirer l'oreille.

— Eh! mon bon, commença-t-il avec cet accent impayable que chacun connaît. Il faut le dire, si tu es du Nord, moi, je suis du Midi, et j'ai plus d'un tour de Gascon dans mon sac.

« J'étais un peu mortifié de te voir douter de mes petits talents; je me dis : Doutre, mon cher garçon, on n'a confiance en toi que bien juste. C'est aujourd'hui qu'on se relève dans l'estime des camarades. Pas de retraite en bon ordre. Il y aura du pain blanc à l'escouade, ou que le diable te patafiole.

« Chemin faisant, je tire mes plans; en trente-six secondes je tenais mon idée, et une crâne. J'explique à Marbach que l'important est de savoir où sont les cantines des officiers. C'est là que nous trouverons ce dont nous avons besoin. Sur le terrain, nous combinerons notre attaque, cela ne m'inquiète pas.

« A Rosny, dans la grande rue, je rencontre un particulier; il avait sous le bras deux pains superbes. A la bonne heure! que je lui fais en engageant la conversation pour l'amorcer à tout hasard, votre boulanger ne carotte pas l'avoine au gouvernement, lui, il ne fait pas sa pâte de blé pris au picotin.

« — Té! qu'il me répond, toi, mon garçon, je parie que tu es de langue gasconne. Moi, je suis de Figeac.

« — Moi de Capdénac.

« Nous sommes pays. — Tu cherches fortune, hein! qu'il m'insinue.

« Entendant cela, je me persuade : entre Gascons, pas mèche de se le poser.

« — Je vais te conter l'affaire, mon bon, que je lui chuchote. Le commandant du bataillon m'a dit ce matin : « Eh! adieu, Doutre, mon camarade, comment cela va-t-il? Je voudrais bien manger du pain blanc; faites-moi le plaisir de m'en procurer. » Tu comprends que je me mettrais en quatre pour faire plaisir à mon ami le commandant.

« — Et moi, me répond mon pays, je suis intime avec mon colonel, et je lui rapporte ces deux pains que nous allons bouffer ensemble comme deux bons bougres. Sans cela, je t'en donnerais volontiers un morceau.

« — Donne-moi au moins l'adresse de ton marchand.

« — Eh! pôvre, mon marchand n'en vend pas. Écoute, ajouta-t-il en me tirant de côté, tu es mon ami, je vais te confier où je l'ai eu. Fais comme moi, si tu peux; et au petit bonheur.

« Alors il m'explique qu'il a subtilisé les pains précisément aux cantines dont je cherchais à connaître l'emplacement.

« — La maison est isolée, à l'entrée du village, me dit-il, tu ne peux pas te tromper. Seulement, ouvre l'œil, pays; on fait bonne garde au logis. Si l'on te pince, le conseil de guerre te fera payer le pain plus cher qu'à la manutention. C'est le pain de l'état-major, il ne fait pas bon à barboter chez la graine d'épinard.

« — Pas même pour ton colonel! que je lui dis en riant.

« — Pas plus que pour ton commandant, qu'il me rétorque. Adieu, pays, bonne chance; si tu veux me revoir, informe-toi où il y a de la tranquillité et de la bonne nourriture, c'est là que je m'embusque de préférence.

« Nous nous séparons; Marbach m'attendait à

cent pas de là au coin d'une rue. Je lui fais signe, il rapplique.

« — Quoi de neuf?

« — Je sais où est le nid; plus de cinq pains au tas, mais on veille au grain.

— Ah ! Gascon gasconnant, interrompit Marbach; si tu n'avais à te coller dans le fusil que ce qui reste à cette heure des cinq pains de l'état-major, tu pourrais resserrer la boucle de ton pantalon pour dîner.

— Mon bon, nous n'avons eu affaire qu'à l'avant-garde, reprit Doutre, sans se déconcerter; le reste était en réserve. Laisse-moi finir mon histoire.

« Donc, je me précipite vers la maison où sont installées les cantines; Marbach me suivait.

« Avant d'arriver, nous faisons halte derrière un mur; je m'avance seul pour tâter le terrain. Le compère de Figeac n'a point menti : à l'une des fenêtres du rez-de-chaussée, j'aperçois quatre gros pains à la croûte dorée qu'on semblait avoir mis là pour narguer les affamés.

« L'occasion est tentante; je me demande : faut-il essayer le coup du vitrier? un carreau de cassé, je passe la main, je choppe la pâtisserie et je me tire des pieds.

« Minute, on m'a prévenu qu'on veille au grain; ne nous laissons pas piger sottement. J'ouvre l'œil, et le bon, cette fois. Je regarde à travers les vitres; les pains sont gardés comme une fille de seize ans.

« Dans la chambre, au coin du feu, un vieux à l'air dur, à la moustache en brosse, fume sa pipe. Cela me fait pousser une idée.

« Le vieux ne m'a pas vu, je me cavale et reviens près de Marbach. « As-tu sur toi ton paquet de tabac? — Certainement. — Crache. — Tu sais bien que je ne chique jamais. — Ce n'est pas cela, aboule. — Voilà.

« — Fourre ton képi dans ta poche.

« — Ah çà! tu commences par m'embêter! grogne-t-il. Il fait froid, je vais attraper un rhume de cerveau.

« — Froid ou non, décoiffe-toi; si le rhume de cerveau t'empoigne, c'est que tu as encore assez de cerveau pour cela.

« Tout en bougonnant il m'obéit.

« — Maintenant, je marche le premier; j'ai ton tabac que je viens de ramasser. J'entre à la cambuse; toi, attends que je sois dedans, puis viens me réclamer ton paquet. Je refuserai de te le rendre; tu me traiteras de voleur. Je me rebifferai. Comme compensation tu rafleras les pains et tu fileras. Je me charge, moi, d'empêcher qu'on te pige.

« — Pourquoi me forcer à travailler nu-tête!

« — Gros malin, c'est pour qu'on ne puisse lire le numéro de ton bataillon.

« — Mais toi?

« — Moi, je ne te connais pas, et n'ai rien à cacher; on me remerciera encore.

« — A ton aise.

« Là-dessus, je me dirige vers la baraque aux pains; je m'introduis d'un air délibéré.

« — Salut, mon ancien, que je dis, comment va?

« — Pas mieux depuis que tu es là, qu'il me répond brutalement.

« — Est-ce à vous ce paquet de tabac que je viens de trouver devant votre porte?

« Il se fouille.

« — Non, du moins je ne le crois pas; montre un peu voir.

« A ce moment, Marbach arrive comme un furieux.

« — As-tu envie de me rendre mon paquet de tabac que tu viens de ramasser ?

« — Ton paquet de tabac ? Je ne sais ce que tu veux dire, que je fais en clignant de l'œil au vieux.

« Voilà Marbach qui se fâche, qui me traite de carottier. Tout à coup, il se met à crier :

« — Ah ! c'est ainsi, tu ne veux pas me rendre mon tabac, à moi le bricheton ; il attrape les pains et détale.

« — Holà ! au voleur ! crie le vieux comme un possédé. Sous prétexte de prendre Marbach au collet, j'empêche l'autre de l'approcher.

« Marbach file à fond de train, nous lui appuyons la chasse à toutes jambes.

« Le vieux arpentait le terrain comme un vrai cerf. Je me dis : pas de bêtises, faut laisser à Marbach le temps de s'éclipser. Je devance le vieux, et me laisse tomber à plat ventre sur son passage. Il butte contre moi, s'étale de tout son long, se casse la margoulette et demeure à moitié assommé.

« Au bout d'une minute, il se relève en geignant ; je geins plus fort que lui. Il a le nez en sang, un œil poché ; je fais semblant de boiter. Il coupe dans le pont et me reconduit à son logis en me tenant sous les bras.

« Ce que je boitais ! Il n'y voit que du feu ; je me plains de plus belle ; il m'offre un petit verre ; pendant qu'il va chercher la bouteille, je trouve moyen d'escamoter un cervelas acheté pour être mangé avec les pains, ce qui arrivera maintenant ici.

« Nous nous quittons les meilleurs amis du monde. Ici finit l'histoire. Pas vrai, Marbach ?

— Exact de point en point.

Doutre se tut ; chacun félicitait les auteurs de ce beau coup de main.

— Bien combiné, crânement enlevé ! murmurait-on dans la hutte.

— Te voilà réhabilité, mon vieux, dit Martige. La Garonne peut être fière de toi ; tu as rudement fait le poil aux gardes nationaux. Je n'ai qu'un regret, c'est de n'avoir pas demandé de la brioche, je te crois de force à en trouver au besoin.

— Qui sait ? gasconnait Doutre ravi de son succès.

— La popotte est cuite, dressez la table, ordonna Pradel le cuisinier, qui, tout en écoutant l'histoire, avait minutieusement soigné le fricot. Je vous réponds que vous allez vous lécher les doigts jusqu'aux coudes.

En hâte, on tira de sous le lit de camp une large planche et deux tréteaux. La table se trouva mise en un clin d'œil, la gamelle et les quarts de fer-blanc, brillants de propreté, furent rangés en bataille, flanqués de cuillères et de fourchettes. Au milieu, les pains croustillants et le saucisson ; sur les ailes, les bouteilles de vin et d'eau-de-vie. Tout cela avait un aspect réjouissant,

Aussi bien, une joie sans mélange était peinte sur toutes ces honnêtes et martiales physionomies.

— Coquin de bon sens ! répétait Romégous, on se croirait à la noce. A une crâne, même !

— A la soupe ! clama Pradel ; passez vos gamelles, au numéro un.

— Ouvrez le feu ! commanda le caporal qui dejà tendait sa gamelle avec impatience.

Au moment où déjà le cuisinier allongeait le bras pour distribuer le potage, un strident appel de clairon retentit.

— N. de D... ! s'exclama-t-on à la ronde d'un ton navré, que veut dire cela ?

Et tous, l'oreille tendue, l'œil au large ouvert, attendirent palpitants, muets, une seconde sonnerie qui allait faire connaître de quoi il retournait,

L'attente ne fut pas de longue durée ; la marche

du bataillon résonna; en même temps, un sous-officier criait en passant devant chaque gourbi : « Alerte! sac au dos. Voilà les Prussiens! »

— Ah! misère! grommèlaient nos vitriers en se dépêchant de faire disparaître table, bouteilles et victuailles sous les planches du lit de camp.

— Cochons de Prussiens! bougonnaient les fortes têtes de l'escouade, ne pouvaient-ils attendre pour ouvrir le bal qu'on ait fini de dîner?

Et cependant, on s'équipait à toute vitesse. Un par un, nos chasseurs sortaient de leurs gourbis, et se rendaient au pas gymnastique sur le front de bandière du camp, où déjà se promenaient les officiers, le manteau roulé en sautoir, le revolver à la ceinture.

A notre 9e escouade, on fermait soigneusement l'huis au moyen d'une chaînette et d'un cadenas.

— Pourvu qu'on ne choppe pas la boustifaille! dit le caporal.

A cette réflexion, un sentiment d'angoisse se peignit sur tous les visages.

— Cochons de Prussiens! fit-on encore avec énergie.

Le bataillon se formait en ligne. Dans le lointain, vers Villemomble et Bondy, déjà l'on déchirait de la toile.

— Par le flanc droit, marche! commanda-t-on; et la colonne, prenant le pas accéléré, défila dans la direction des villages où l'action semblait être engagée.

— J'ai l'estomac dans les talons, grommelait Doutre.

— Prends garde de marcher dessus, fit Martige.

— Dire que j'ai cuisiné tant de bonnes choses, et que peut-être je n'en aurai pas ma part, marmottait Pradel.

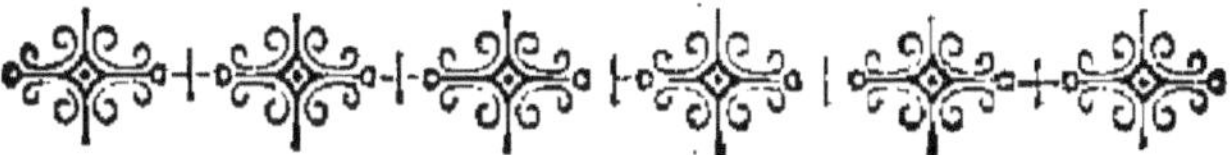

III

Celle des autres sera plus grosse, mon garçon...

— Gare la marmite ! cria-t-on tout à coup. Un obus passait en sifflant ; il tomba sans éclater dans une terre labourée.

— Encore un dans la mélasse.

— Appuyez à gauche, ordonna le capitaine.

— A gauche, à gauche ! braillèrent à l'envi officiers et sous-officiers.

Çà et là, quelques tirailleurs ennemis apparaissaient, se glissant derrière les arbres, sur la lisière de la forêt de Bondy ; la fusillade pétillait sur toute la ligne.

— En tirailleurs, en avant ! sonna le clairon.

— En avant ! en avant ! hurlèrent mille voix.

Et d'un bond nos vitriers se trouvèrent au bord du bois où ils pénétrèrent à la suite des Prussiens qui reculaient.

Sous le couvert, les balles sifflaient, crépitaient, détachant çà et là des rameaux et des plaques d'écorces.

Quelques cadavres gisaient dans une clairière.

Subitement, l'ennemi disparut et les clairons des chasseurs sonnèrent : Halte-là ! Les escouades se rallièrent ; les chefs de compagnie commandèrent : « Rassemblement ! »

Peu après, le bataillon vint se reformer en ligne sur la lisière de la forêt. Des petits postes avaient été disposés au loin pour prévenir un retour offensif de l'ennemi. On attendit des ordres.

Plusieurs heures se passèrent, les Prussiens continuaient à demeurer invisibles. Ce n'était qu'une échauffourée, quelque reconnaissance, sans doute.

Plusieurs chasseurs manquaient encore à la 9e escouade, peut-être faisaient-ils partie des postes avancés.

A la nuit, le signal de la retraite ayant été donné, chacun vint reprendre sa place dans le rang.

A la grande satisfaction de nos braves vitriers, la colonne faisait route vers le camp. On se contait gaiement les épisodes du combat.

— Et Martige ? dit tout à coup une voix.

— Martige ! Martige ! appela-t-on.

Nul ne répondit.

— Tonnerre ! l'auraient-ils tué, ces gueux-là ? rugit Marbach.

— Ça pétait sec du côté où je l'ai vu entrer sous bois, affirma Pradel.

— Peut-être a-t-il pris pied devant, ou se trouve-t-il avec une compagnie, fit Fuzelier. Il fait noir comme dans un four ; une vache ne reconnaîtrait pas son veau à cette heure.

Cette supposition calma les inquiétudes.

— Pourvu qu'on n'ait pas choppé la boustifaille, insistait Doutre.

— A la fin, tu nous embêtes, reprirent en chœur les gens de l'escouade, angoissés de la même terreur.

Le bataillon était de retour au camp.

— Rompez vos rangs, marche !

Tel fut le dernier ordre donné.

D'un seul coup la ligne de bataille se brisa en mille morceaux humains ; les escouades se précipitaient à toutes jambes vers leurs demeures.

Plus alerte que ses hommes, le caporal Fuzelier déchaînait la porte. Il ne fit qu'un bond jusqu'à la soute aux vivres.

— Eh bien ? lui demanda-t-on anxieusement.

— Rien de dérangé, vive la Charte !

— Ah ! dit toute l'escouade avec un gros soupir de soulagement, et l'on entra.

On se heurtait dans l'ombre ; on se débarrassait de ses armes et de son équipement. Bientôt la chandelle fut allumée ; le feu flamba de nouveau.

— Et Martige ? fit encore une fois Marbach, où donc est-il ?

Nul n'ayant répondu à cette question adressée d'une voix étranglée par l'émotion :

— Pauvre Martige, reprit Marbach. Oh ! les gredins, les gredins ! Si je tenais là ce vieux gueux de Guillaume, je lui ferais passer le goût du pain.

« Mangez si vous voulez, vous autres, acheva-t-il d'un ton navré, moi, je ne puis pas. Ça me coupe l'appétit de ne pas le voir près de nous.

— Desserre tes mâchoires, largue le bouton de ta veste, de ta culotte, vieux camarade.

Marborough n'est pas mort,
Car il vit encore...

fredonna quelqu'un qui se tenait debout à l'entrée de la hutte.

— Tonnerre! c'est lui, s'écria Marbach; et d'un bond il se jeta sur son ami qu'il étreignit dans ses bras musculeux, et qu'il enleva de terre avec tout son fourniment. Que je suis heureux!

« Mais, tu es blessé, dit-il soudain en s'apercevant que Martige avait la tête enveloppée de son mouchoir.

— Cela n'est rien, vieux lascar, une balle morte qui m'a effleuré le cabochon; rien de détraqué dans le système. Quelque chose comme un grandissime coup de poing qui m'a couché par terre.

— Pourquoi n'es-tu pas revenu de suite? grogna Marbach, furieux de l'inquiétude qu'il avait ressentie.

— Dame! j'avais perdu connaissance.

— Sacredié! qu'as-tu donc dans ta musette? fit encore Marbach.

— Ce que j'ai, répéta Martige, qui, droit en pleine lumière, sembla tout à coup grandir de dix pieds. Ce que j'ai, eh! parbleu, c'est un troisième lapin que j'ai trouvé pris au piège en passant à l'endroit où je l'avais tendu; c'est ce qui m'a retardé.

Et, d'un geste magnifique, il tendit le lapin à l'escouade enthousiasmée.

Pendant plus d'une minute, ce fut comme une tempête de jurons et de cris d'admiration. Les troun de l'air, les viedaze, toute la série y passait à la fois.

Je vous laisse à penser si l'on fit fête au repas interrompu.

— Quelle chance que nous ne l'ayons pas mangé à midi, disait Fuzelier le caporal; nous ne pourrions le manger maintenant.

— Aussi profond que creux, caporal, appuya Martige.

Quel bon, quel joyeux souper nous fîmes ce soir-là à la 9ᵉ escouade ; car j'en étais, lecteur.

— Coquin de bon sens, comme disait Doutre, nous en sommes-nous donné !

A BORD DE LA « BALANÇOIRE »

UN DUEL BIZARRE

Une histoire, demandèrent à Carignac, le fin conteur du gaillard d'avant, Cabirous, Pornic et les autres.

— Veux bien, fit le matelot, mais que personne ne roupille ou je mouille. Attention.

Et Carignac commença en ces termes, par l'exorde classique et obligatoire :

— Cric, crac, sabot, cuiller à pot, pistache et négresse, chaloupe en détresse, coup de bec à Québec, coup de poing à Pékin, coup de pied à Noirmoutiers. Çà, les gas, ouvrez vos écoutilles.

« C'était un..., attendez un peu : oui, ce devait être un lundi, un mercredi ou un dimanche ; peut-être aussi l'un des quatre autres jours de la semaine, je ne le sais pas au juste.

« Au mois de..., pour sûr, l'un des douze. Ma foi, prenez celui qu'il vous plaira. — En l'année... Ah ! chienne de mémoire, tu veux me faire courir. Eh bien ! non. L'an mil et quelques centaines, attrape.

« Donc, aux jour, mois et an susdits, il arriva, — tout arrive, — que le capitaine Foussac rencontra son ami Willam Chester.

« Qu'as-tu donc à rire, là-bas, toi, conscrit ? Il n'y a que les montagnes qui ne se rencontrent pas. Et encore, pour former des chaînes, il a bien fallu qu'elles se rencontrent.

« Quand je dis que le capitaine Foussac et Willam Chester étaient amis, je vais un peu vite. Ils le devinrent et ne pouvaient l'être au moment de leur première rencontre, puisqu'ils ne s'étaient jamais vus auparavant.

« Le capitaine Foussac avait jadis été lieutenant dans la garde nationale maritime, — une troupe dont nous reparlerons, — il était alors second à bord d'un bâtiment de la marine marchande.

« Imaginez-vous un petit homme trapu, cagneux, ventru, rond de la bedaine, carré des épaules, rubicond comme l'épouse à Thomas.

— Que veux-tu dire ? grogna Pornic.

— Rouge comme tomate, s'il faut t'ouvrir le pertuis de l'entendement. Avec cela, deux gros yeux blancs comme une grenouille à qui on a marché sur le ventre, des favoris en patte de lapin. Aussi gracieux à terre qu'un veau marin en visite chez le marchand de parapluies.

« Un coffre-fort de première marque, par exemple, un instrument de travail sérieux, rudement machiné. Au départ, à l'arrivée, pas d'erreur, même au moment des fortes marées.

« Signes particuliers : né à Marseille, amour des liqueurs fermentées et du pompon, bavard comme le perroquet du commissaire.

« Willam Chester, lui, qu'on nommait familièrement Bille, mesurait cinq pieds douze pouces de la plante des pieds au sommet du crâne. Jolie taille pour un homme seul.

« Blême, sec et ridé, sous poil roux, taciturne et malpropre, Bille, Irlandais de nationalité, marin de profession, était né natif de Donegal, pays de misère, où il ne vient que des mendiants, des cochons et des pommes de terre.

« Le fils d'Erin, affligé d'une maladie que les savantasses appellent faim de chien, ne pouvait vivre deux heures sans manger. Bien qu'il comprît parfaitement notre langue, le seul mot français qu'il avait sans cesse sur la sienne, et qu'il prononçait correctement, était : beefsteack.

« Pour se garer de la pépie, il ne lui fallait qu'un geste, une syllabe. Le geste, mes bijoux, chacun de vous le connaît et le pratique, quand il lève gracieusement le coude à la hauteur de la bouche.

« La syllabe était : ale, pour de la bière, gin, pour du schnick.

« J'oubliais de vous dire qu'en bon Irlandais, il détestait les Anglais pour le moins autant qu'il aimait la viande, ce qui n'est pas peu dire, vu son appétit.

« Où se rencontrèrent pour la première fois le capitaine Foussac et Willam Chester? Inutile de le demander, bagasse : à la taverne.

« Quand ils descendaient à terre, cent écus à qui les eût arquepincés autre part l'un et l'autre.

« Au moment où l'Irlandais entra, le capitaine digérait, en buvant à petites gorgées un grand verre d'eau-de-vie, un léger déjeuner qu'il venait d'absorber. Oh! seulement six côtelettes de porc aux cornichons et une douzaine d'œufs durs.

« — Pécaïre, se dit Foussac à la vue de ce maigre et long personnage, un échassier après carême! En voilà un qui ne fera pas sauter à coups de bedon les boutons de son haut-de-chausse.

« — Beefsteack, ale, pour quatre, commanda l'inconnu traité d'échassier, avec un fort accent anglais.

« — Yes, milord, fit d'un ton goguenard le garçon du restaurant, qui avait jeté un coup d'œil sur la tenue sordide et malpropre du client.

« Celui-ci s'en aperçut.

« — Impertinente rascal! reprit-il imperturbablement, faisé attentionne d'être convenèble avec un gentleman, ou je boxais votre vilaine figioure. Servez moa de souite, je payais en or de France.

« — Toi, mon bonhomme, songeait le capitaine, si jamais tu as fait de folles dépenses, ce n'est ni chez le tailleur, ni chez le marchand de savon, surtout. Pour peu que tu aies rendu service à S. M. la reine Victoria, dont tu me parais sujet, elle ferait bien de te donner l'ordre du Bain; cela te viendrait à point comme du beurre sur les épinards.

« Et il but un grand coup d'eau-de-vie, lorgnant l'individu râpé qui vint s'asseoir à une table voisine de celle à laquelle il opérait.

« Un moment après le garçon revint avec quatre couverts qu'il se disposait à dresser devant l'Anglais.

« — Stioupide animal, dit celui-ci, pour moa, seul, ale et beefsteack, entendez-vos ?

« — Très bien, monsieur, reprit le garçon maté par l'aplomb de son interlocuteur, et il mit un seul couvert.

« Puis il prit le chemin de la cuisine d'où il revint bientôt apportant quatre énormes beefsteacks et deux bouteilles d'ale qu'il déposa sur la table.

« Quand le tout fut à sa portée, sans mot dire, l'Anglais se mit à jouer des mâchoires avec une voracité telle qu'en moins de temps qu'il ne faudrait pour grimper à la hune il avait nettoyé le plat et tordu le col aux bouteilles.

« Ohime ! les enfants, une rude pratique pour certains établissements. Peut-être croyez-vous que ce fut tout ? On voit bien que vous ne connaissez pas le pèlerin.

« — Gâçonne, appela-t-il, avant même d'avoir mâché la dernière bouchée, encore beefsteacks et ale.

« De stupéfaction, le garçon en laissa tomber un verre qu'il tenait à la main.

« — Troun de l'air ! murmura Foussac émerveillé, si ce particulier-là ne tient pas dans son estomac table d'hôte pour une société de vers solitaires, que le cric me croque !

« Le second déjeuner passa par la même porte que le premier sans s'attarder en route.

« — Monsieur prendra-t-il du dessert ? demanda le garçon dès qu'il vit la besogne terminée.

« — Yes, donnez à moa des pommes de terre.

« Le garçon laissa tomber sa serviette.

« — Dieu tout puissant ! se dit le capitaine, une

si belle fourchette doit être un bien brave homme; je veux être son ami...

« — Belle brise pour appareiller, monsieur, commença-t-il d'un air bon enfant.

« — Yes, fit l'autre, sans perdre un coup de dent.

« — Monsieur est Anglais, probablement ?

« — No; et l'enragé mangeur mastiqua de plus belle.

« — Fameux appétit, monsieur.

« L'inconnu, qui avait la bouche pleine, fit signe que oui.

« — Que je sois pendu si je ne te force pas d'allonger tes phrases! grommela Foussac. Je connais, poursuivit-il, quelqu'un de taille à lutter contre vous.

« — Au boxe, dit l'autre en fourrant sous le nez de Foussac deux poings d'un calibre respectable.

« — Ah! mais non! reprit Foussac qui se recule vivement, à table.

« — No.

« — Si.

« — No.

« — Un pari ?

« — Accepted.

« — Cent guinées.

« — Well, allez chercher le personne.

« — C'est moi.

« — Vos ?

« — Yes, sir, dit le capitaine qui baragouinait l'anglais.

« — Aoh !

« — Je suis le capitaine Bonaventure Foussac, de Marseille. A qui ai-je l'honneur de parler ?

« — Willam Chester, esquire de Donegal, en Irlande.

« — Enchanté, mon cher Bill, de n'avoir pas affaire à un Anglais. Je déteste ces gens-là

« — Pas plus que moà.

« — Si.

« — No.

« — Si.

« — Un pari ?

« — Réglons d'abord les conditions du match.

« D'un commun accord, on convint que les parieurs se soumettraient, en présence d'arbitres, à l'épreuve du pesage avant et après la lutte. La différence de poids entre ces deux moments devait servir à proclamer le vainqueur.

« Liberté complète quant au choix des armes, c'est-à-dire des aliments et de la boisson.

« L'Irlandais, naturellement, prit le beefsteack, son mets de prédilection. Le Marseillais choisit la petite saucisse aux choux. Quelque chose de digeste et d'agréable au goût.

« Tout étant bien entendu, quand il s'agit de fixer l'heure du repas, Willam Chester se déclara prêt à entonner immédiatement.

« A cette proposition, Foussac qui voyait déjà sa monnaie sur le paquebot, dans le gousset de son adversaire, réclama deux heures d'ajournement, temps nécessaire au maître coq pour cuisiner les aliments.

« Le patron de la taverne, mis au courant du défi, promit que tout serait paré pour six heures précises.

« En attendant Foussac et Chester prirent leurs chapeaux et la porte.

« Au moment où le capitaine atteignait le seuil de la taverne, il se sentit tiré par la manche.

« — Hein ! fit-il en se retournant, que me veut-on ? Ah ! c'est vous, garçon !

« — Monsieur, chuchota mystérieusement celui-ci, vous ignorez sans doute à qui vous vous êtes attaqué ? Je viens d'entendre dire au patron que c'est feu Pantagruel. Ce n'est pas un estomac qu'il a, cet homme, c'est des docks.

« — Bah ! chantonna le capitaine, s'il a l'estomac de Pantagruel, moi, j'ai les bouches du Rhône.

« Et il sortit à son tour, glorieux comme un enfant de la Cannebière, bien que déjà la frousse le tînt aux chausses.

« Au dernier coup de six heures, avec une exactitude à laisser croire que chacun d'eux avait avalé un grand ressort, Foussac et Chester se rencontraient devant la taverne ; ils entrèrent ensemble.

« Un bruyant hourra les accueillit.

« Sans perdre une seconde, le gargotier avait fait annoncer partout le pari engagé. De nombreux curieux s'étaient empressés d'accourir. Il y avait là des matelots appartenant aux navires de l'État et de la marine marchande, l'épouse d'un sous-commissaire, un premier mécanicien et deux commis à l'administration des vivres qu'on avait retenus comme experts.

« Au fond de la salle brillamment éclairée apparaissait une estrade sur laquelle deux tables étaient disposées.

« Avant d'y prendre place, il fallut procéder à l'opération du pesage. Après vérification, les arbitres inscrivirent : 103^{kg},250 au nom de Foussac et 80^{kg},127 seulement pour William Chester.

« Il ne restait plus aux combattants qu'à faire vaillamment leur devoir. Le maître-coq qui dirigeait l'affaire les conduisit tous deux à leur place, leur mit les fourchettes en main et prononça solennellement ces mots : « Allez, messieurs ! »

« Et ils y allèrent, même fallait voir comme ils y

allaient, Bill steppait des mâchoires, Foussac jouait des mandibules, à petits coups de sa gueule marseillaise.

« A la table de l'Irlandais, le bœuf rappliquait en masse ; à celle du capitaine, la saucisse filait comme un câble.

« — Déjà 27m,35 de posé, disait confidentiellement à l'oreille de tout le monde le garçon qui faisait des vœux pour un compatriote. Hardi, monsieur, fit-il au capitaine, un bon coup d'estomac pour la patrie, ne laissez pas battre la France par un mangeur de bœuf. Voulez-vous que je glisse une ration de colique dans son assiette ? poursuivit-il. L'English n'y verra que du feu.

« — Caraï ! ne t'avise pas de cela, se récria Foussac, franc jeu partout, ce n'est pas un Anglais.

« — Vivent les principes alors, monsieur, force de rames !

« Dans la salle, on s'échauffait, on trépignait à chaque convoi de vivres. Des cris, des applaudissements éclataient : Bravo, bravi, brava ! Hip, hip ! Hurrah ! Och ! hurlait-on dans toutes les langues.

« — Dix francs sur Foussac. — Une livre sterling sur Chester. — Dix thalers pour l'Irlandais. — Cent réaux pour le capitaine. — La cote, voyez la cote !

« Le patron de la taverne pleurait de joie dans les plats qu'il apportait lui-même. Il se précipitait du cuisinier à la cave, de la cave à la salle du festin.

« Beefsteacks et saucisses disparaissaient à vue d'œil, et cependant ni l'un ni l'autre parieur ne semblait près d'amener son pavillon.

« Tout à coup, Willam Chester laissa choir sa fourchette. Le capitaine qui n'en pouvait plus lâcha aussi l'aviron.

« L'Irlandais, dont la face blême suait froid, se tortillait comme une anguille dans une poêle à frire.

« Il fit signe qu'il voulait parler.

« — Gare dessous, cria le premier mécanicien, la chaudière va éclater.

« Ce fut l'assistance qui éclata de rire, car dès que Bille ouvrit la bouche, on put voir jusqu'en haut de la gorge des beefsteacks empilés. Aucun son ne put sortir.

« — Donnez lui du papier et une plume, cria quelqu'un. Peut-être a-t-il une dépêche à nous communiquer.

« L'Irlandais se jeta sur le papier, traça quelques lettres et le jeta à un expert.

« Ceux-ci lurent tout haut : W. C.

« William Chester, c'est son nom, dit-on dans la salle.

« Un geste violent de dénégation de Bill, qui désignant l'épouse du sous-commissaire, indiqua qu'il ne pouvait s'expliquer plus clairement, fit chavirer l'explication.

« — Well come ! fit un matelot anglais.

« — Welche colik ! grogna un baleinier de Hambourg.

« — Water-closets, glapit le garçon qui avait pris le vent.

« Le cas était imprévu, chacun se tut, se demandant comment on allait manœuvrer en pareille occurrence.

« Seule, l'épouse du sous-commissaire se leva précipitamment, saisit son parapluie et s'élança vers la porte.

« L'Irlandais approuva frénétiquement.

« Eux, les experts, s'étaient consultés. — Voulez-vous, dirent-ils à Foussac, vous en tenir là ? Le chargement de l'Irlandais est complet, votre ligne de flottaison doit s'abaisser.

« Le capitaine n'en pouvait plus.

« — Stopp ! souffla-t-il.

« — A la bascule, milord, dirent les experts.

« Bill ne fit qu'un saut.

« — 92kg,400, proclamèrent les commis aux vivres.

« Willam Chester avait déjà mis pied à terre ; il se rua vers le patron.

« — ICI, lui dit l'homme le bras tendu comme un garde-barrière au passage du train.

« — A vous, capitaine.

« Et Foussac, les poings sur la table, se redressa majestueux comme un navire à la vague et gouverna droit à la bascule.

-- Ohé! les tribordais, tout le monde sur le pont pour le quart, ordonna le quartier-maître de manœuvre.

— Cric, crac, v'là que ça casse, bougonnèrent les auditeurs de Carignac tout en obéissant à l'ordre.

Chemin faisant ! — Qui avait gagné le pari? demanda-t-on au conteur.

— Qui avait gagné le pari, ricana Carignac. Est-ce que je le sais, moi ! Celui qui avait le plus mangé, je suppose.

II

COMMENT
CABIROUS DEVINT ANTHROPOPHAGE

A BORD de la *Balançoire*, ce jour-là, les matelots menaient joyeuse vie. De la dunette à l'avant, dans la cambuse et sur le pont on festinait.

— De vraies noces de ganache, disait Carignac.

Réellement, le maître-coq s'était surpassé. Déjà de nombreuses pièces de venaison avaient disparu, quand un aide de cuisine apporta un rôti de singe que M. Revel, le commandant, avait abandonné libéralement à ses hommes.

A sa vue, chacun se récria :

— On dirait un enfant à la broche, fit-on autour du plat.

Quelques estomacs se troublèrent.

— C'est délicieux, affirma Cabirous, le quartier-maître. Et il planta sa fourchette sous l'épaule du singe, cherchant avec son couteau la jointure de l'articulation. Cela vaut la chair humaine.

— Comment le sais-tu? demanda Tintin. Aurais-tu boulotté ton semblable?

— Je l'ai boulotté, déclara carrément le quartier-maître; et son couteau décrivit une courbe savante dans la viande de la cuisse qu'il détacha du tronc.

— Quel conte de mère grand nous débites-tu, compère le loup Cabirous? A d'autres! fit Tintin en riant.

— Un système pour nous dégoûter du rata, appuya Pornic; ça ne prend pas! et il tailla lui-même dans le plat un morceau de filet.

Quelques matelots suivirent son exemple. D'autres, prenant un air dégagé, se déclarèrent à bout d'appétit, et mirent le nez dans leur quart de tafia.

La déclaration extraordinaire de Cabirous avait jeté un froid; le singe fut laissé à demi découpé. Chacun alluma sa pipe.

Quant au quartier-maître, indifférent à l'impression produite par sa confidence, il mangeait méthodiquement et sans hâte. Dès qu'il eut donné pleine satisfaction à son estomac, il saisit le bidon suspendu à son côté, le porta à ses lèvres, et but à petites gorgées. Puis, après s'être essuyé la bouche, il se frotta le ventre, glissa les mains dans sa ceinture et jeta un regard narquois sur ses compagnons.

Pornic avait son plan; il offrit du tabac à Cabirous.

— A propos, fit-il insidieusement, dis-nous donc un peu, vieux cannibale, en quelles circonstances tu l'es devenu.

— En bon français, cela signifie : une petite histoire, s'il vous plaît, répondit Cabirous. Eh bien, soit! Si l'on veut m'écouter, je commence. Seulement, silence sur le pont.

Entendant ces mots, les matelots vinrent former le cercle autour du quartier-maître et se postèrent de façon à ne pas perdre un mot de son récit.

Le conteur bourra d'abord sa pipe et l'alluma par principes. Puis, ayant fortement aspiré la fumée qu'il chassa par la bouche et par le nez, il toussa, cracha et se moucha, de façon telle qu'un doigt seulement sur cinq, l'index, fermant tour à tour l'une et l'autre ailes du nez, suffit pour l'expulsion des matières cérébrales; ces précautions prises, il commença en ces termes :

— Je suis un cannibale, je l'avoue, du moins je l'ai été, c'est un fait. Mais n'allez pas vous introduire dans la coloquinte que je suis entré jadis chez un restaurant anthropophagique en criant : « Garçon, une femme nature, ou, un pied d'enfant poulette! »

« Non pas, mille sabords! j'eusse avalé plutôt, sans les mâcher, mes chaussures et mon béret. L'envie de mordre dans mon prochain jaune ou noir, face pâle ou peau rouge, ne m'est jamais venue.

« Bien au contraire, je devins cannibale sans le savoir; ou que cette pipe vous empoisonne sur l'heure si je passe la jambe à la vérité.

« Voici comment arriva l'événement :

« C'était en 1856. Je naviguais comme mousse à bord de l'*Alcmène*; une jolie corvette dont la proue affilée fendait le flot aussi aisément que le fil d'archal coupe le savon.

« Or, ladite corvette, détachée de la station du Pacifique en service hydrographique, se trouvait sur la côte septentrionale de la Nouvelle-Calédonie.

« Pas de grand chef sur le bateau pour précipiter le mouvement et bousculer le mathurin; un lieutenant de vaisseau, bon enfant, comme M. Revel, notre commandant, qu'on payait tant par jour, et qui se la coulait douce.

« Un plomb de sonde, quatre verges d'arpentage tous les matins en guise d'absinthe. L'après-midi, la sieste, le soir, liberté complète pour l'équipage.

« L'*Alcmène*, ayant franchi la passe, se tenait à l'ancre, abritée de la houle du large entre la côte et les brisants qui font une ceinture à l'île.

« A tour de rôle, chaque jour, les matelots descendaient à terre. Les Canaques, à qui l'on payait sans marchander, ignames, taros, ananas et patates, nous accueillaient amicalement.

« Quant à leurs femmes, « les popinées », c'est ainsi qu'on les nomme là-bas, cré nom d'un requin! les vilaines bougresses! C'est le bon Dieu qui les a créées, je ne dis pas non. Pour ce qui est de les avoir faites à son image et à sa ressemblance, nisco. Je gagerais plutôt avec lui ma part de paradis contre un paquet de tabac que quelque diable farceur lui aura chopé le moule à son atelier là-haut pour le refaire en gueule de macaque.

« Si la Putiphar de l'histoire sainte était taillée sur ce gabarit-là, le Joseph qui aima mieux lâcher sa jaquette que sa vertu n'était pas déjà si bête qu'on veut bien le dire.

« Brr! les hideuses, malpropres et dégoûtantes femelles! Des tignasses noires et crépues qu'elles ajustent comme la chenille d'un casque de pompier; des oreilles trouées, déchiquetées; des yeux de braise; un nez qui semble appliqué sur la frimousse comme une pomme cuite contre un mur; des seins flasques et pendants comme les mamelles d'une chèvre. Bref, à donner envie de prendre ses jambes à son cou, rien de plus.

« Moins hardies que les hommes, elles s'apprivoisaient peu à peu néanmoins. Aussi, pour nous ôter toute idée de batifoler avec elles, on les avait déclarées : « tabou ». Censément, n'y touchez pas ou je cogne.

« Vrai de vrai, qui aurait eu le cœur de les toucher, les popinées ? avec des pincettes, peut-être; et encore !

« Pour en revenir à nos moutons, les matelots de l'*Alcmène* fréquentaient les indigènes. On arrivait à se comprendre au moyen des signes et du « bichelamer », un langage d'Arlequin mâtiné de français, de canaque et d'anglais.

« On fut bientôt à tu et à toi, comme si toute la vie l'on avait gardé côte à côte les compagnons de saint Antoine. Mon meilleur ami, à moi, se nommait Aïta ; un solide gaillard, d'une vigueur à tomber Arpin jeune et Marseille, doux comme un agneau cependant, et folâtre comme Bobèche.

« Chaque fois que je le rencontrais, il m'invitait à le suivre dans sa hutte. Là, il m'offrait à manger du poisson, des fruits, et à boire une infusion de « niaouli », le thé du pays. Jamais on ne voyait de viande chez lui.

« — Toi, du moins, lui disais-je parfois, on ne te soupçonnera pas de manger ton semblable. Il n'y a jamais de bidoche au garde-manger dans ta baraque.

« Et lui riant d'un bon rire me répondait : Viande de l'homme trop dure.

« Un soir, il me tira de côté, et, s'étant assuré que personne ne pouvait l'entendre excepté moi, il me glissa mystérieusement dans le tuyau de l'oreille ces mots qui éveillèrent ma curiosité :

« — Demain, grande fête pour Canaques, Pilou-Pilou, festin et danses guerrières. Aïta invite son ami blanc aux réjouissances, viendra-t-il ?

« — Plutôt deux fois qu'une, m'écriai-je, enchanté de l'occasion qui m'était donnée de voir comment on faisait ripaille en la brousse et si leur danse nationale ressemblait au cancan de la chaloupe en détresse.

« — Bon, Aïta est heureux, fit-il, il attendra son ami à la hutte deux heures avant la chute du jour.

« — Entendu, à demain !

« Il faut vous dire que, suivant la mode du pays, mon coquin d'Aïta avait pris deux épouses : l'une Pi-Va, longue, sèche, un vrai jeu d'osselets; l'autre, Ta-Ta, courte et boulotte.

« Il ne m'en parlait jamais et je me gardais bien de lui demander comment il avait dormi entre ses deux légitimes. La civilité puérile et honnête des Canaques s'y oppose.

« Dès qu'elles m'apercevaient à proximité de la hutte, les deux femelles se trottaient sous bois pour se dérober à mes regards, et m'empêcher de songer au fruit défendu. Peine inutile : que le diable m'emporte si jamais pareille sensation avait assiégé mon esprit !

« Les roses néo-calédoniennes ne sentent pas l'œillet, disait le commandant de l'*Alcmène*. Auprès d'elles, l'amour, qui cherche d'abord à se boucher les narines de ses deux mains, n'est pas fichu de bander son arc.

« L'air mystérieux pris par Aïta en me conviant au Pilou-Pilou, avait éveillé ma curiosité ; je n'eus garde de manquer au rendez-vous.

« Le lendemain, à l'heure dite, je m'acheminai d'un pied léger vers le village canaque où se trouvait la hutte de mon ami. Le chemin m'était familier, et, d'ailleurs, le bruit du tam-tam qui retentissait sans interruption eût suffi pour guider mes pas.

« J'emportais un flacon de tafia que je m'étais procuré aux cambuses par des trucs plus adroits qu'honnêtes, et, sous la semelle de mes souliers, permission de la nuit.

« Je distinguai bientôt les toitures en chaume des ruches qui tiennent lieu d'habitations aux indigènes. Elles apparaissaient formées en cercle autour d'un terrain nu, — la grande place, comme qui dirait. — Au centre de cette place flambait un énorme bûcher sans cesse alimenté.

« En dehors du cercle des huttes, d'autres feux brûlaient aussi, dessinant une enceinte autour du village. Auprès de ces feux entretenus par des popinées, au nombre desquelles je reconnus la longue Pi-Va, on rôtissait des bananes, on grillait des quartiers de viande.

« Au village, tout le monde sur le pont ; les hommes, s'entend des enfants jusqu'aux vieillards, simples tourlourous et chefs, la frimousse passée au noir de fumée, le corps peint à neuf en blanc et en vermillon, bondissaient agitant leurs armes, massues, haches et zagaies, hurlant à se briser le tympan et les ficelles vocales. Des cris de vache enragée qui aurait le museau pris dans une palissade. Un orchestre diabolique composé de cymbales, de flûtes, de gongs et de tams-tams.

« Et quelles figures ! quels sauts ! Des damnés qu'on ferait danser avec une pile électrique. Un sabbat, un chambard, un branle-bas général.

« Quand, pour honorer le blanc ami d'Aïta, quelques-uns de ces énergumènes s'avisaient de me faire siffler une zagaie à quinze pouces du nez, foi de Cabirous, il m'en venait la chair de poule.

« Je me gardais toutefois de broncher ; ça n'aurait pas été à faire. On se serait fichu de la marine française. Mais en moi-même je songeais : Aïta, mon bon, quand tu me rattraperas à pareille cérémonie, je te paierai des ananas.

« A la longue, tout lasse, tout casse, tout passe. Après qu'on se fût ainsi trémoussé pendant deux mortelles heures, dont les cent vingt minutes défilèrent avec une lenteur désespérante, musiciens et danseurs s'arrêtèrent. Les bras, le souffle et les jambes mollissaient à la fois.

« Seul un sorcier fit encore le tour du bûcher qui s'éteignait, criant à tue-tête : « Halaou balaou ! »

« Puis il entonna le chant de guerre de la tribu dont les guerriers répétaient en chœur le refrain avec un bruit d'armes heurtées en cadence :

« — Tue, tue, chantaient-ils, le jour où l'on tue pour la mort est jour de fête.

« La *Marseillaise canaque*, quoi !

« Pour une partie de campagne, vous le voyez, cela manquait un peu de gaieté. Les sauvages s'amusaient, j'en conviens, mais moi, je regrettais décidément à cette heure l'entrepont de l'*Alcmène* et mon hamac.

« A force de piailler : tue, tue, pensais-je, si l'un de ces animaux-là venait à m'assommer d'un coup de matraque sur l'occiput, il ne resterait plus qu'à chanter :

C'est bien fait, fallait pas qu'il y aille.

« Quand on eut assez braillé, la bande entière poussa trois hurlements féroces : le bouquet du feu d'artifice, et chacun se sépara ; l'heure du repas était arrivée.

« Aïta, que je n'avais pas perdu de vue durant la

bagarre, afin de me réclamer de lui au besoin, s'approcha de moi, et, me mettant la main sur l'épaule :

« — Que mon ami blanc, dit-il, me suive dans ma hutte ; un festin y est préparé en son honneur.

« — Que mon ami noir, répliquai-je, décalquant ma phrase sur la sienne, me précède dans sa hutte, je suis prêt à faire honneur à son festin.

« Chez mon hôte, on nous attendait, déjà la table était mise à terre.

« Quand je parle de la table, entendons-nous. une simple feuille de bananier sur laquelle se trouvaient disposés des fruits de l'arbre à pain et un broc contenant du vin de palmes.

« Quant aux couverts, macache! sauf votre respect, la fourchette du père Adam n'est pas faite pour les cachalots.

« Avant de prendre place sur l'un des troncs d'arbre qui servent de sièges là-bas, je tirai de ma poche mon flacon d'eau-de-vie que je campai près du broc.

« A cette vue, l'œil noir d'Aïta étincela. Sa face de singe grimaça de plaisir.

« — L'homme blanc, dit-il, est plus qu'un ami, c'est un frère.

« — Ça va bien, me voilà monté en grade, une bouteille de plus, il m'aurait appelé : papa.

« Il se mit à siffler, comme pour appeler un chien. A ce signal, la longue Pi-Va, qui se tenait à quinze pas, accroupie dans une posture suspecte partout ailleurs, se leva vivement et disparut.

« Peu après, elle revint avec des bananes et des poissons grillés. Que je sois pendu si le bout de son sein ne trainait pas dans le plat !

« Son époux lui adressa sévèrement quelques mots en langue canaque. Il lui reprochait cette inconvenance, je suppose, car la sale créature écarta sur-le-champ les plats de sa poitrine, les déposa à nos pieds, pirouetta sur les talons et s'enfuit.

« — Mangeons et buvons, reprit alors Aïta ; et, portant la main au plat, il y prit un poisson, le rompit, et fit mine de me fourrer un morceau dans la bouche.

« — Halte-là! pensai-je, avec ses pattes malpropres, cet animal-là est capable de me gâter mon repas.

« Et tout haut :

« — Ceci, lui dis-je, ne se fait en notre pays que pour honorer un supérieur. Ne sommes-nous pas frères? Est-il besoin entre nous de tant de cérémonie? que chacun de nous choisisse son morceau.

« — Qu'il soit fait selon ta volonté, répondit-il, et il avala celui qu'il m'avait destiné.

« Moi aussi, j'étendis la main vers le plat et j'imitai son exemple.

« Les mets étaient bons, l'appétit excellent; nous mangions à belles dents, nous interrompant seulement pour boire tour à tour au broc de copieuses rasades, tant et si bien qu'il n'y resta bientôt plus de quoi noyer une puce. Le flacon d'eau-de-vie fut débouché.

« Il n'y avait plus sur la table que quelques reliefs de poissons, quand, sur un second coup de sifflet du maître, apparut encore Pi-Va. Cette fois elle apportait le rôti qu'elle offrit à Aïta sans mot dire.

« C'était un superbe quartier de viande admirablement cuite sur une couche d'herbes aromatiques dans un de ces trous que les Canaques creusent pour cuisiner leurs aliments. Quelque jambon de porc, peut-être.

« Sans hésitation, je m'administrai une large tranche. Le fumet était exquis, la chair tendre et savoureuse. J'y retournai, à la grande satisfaction d'Aïta.

« Quand nous nous fûmes pleinement rassasiés, on se remit à boire, de l'eau-de-vie d'abord, puis encore du vin de palmes.

« Nos langues allaient leur train. Mon Canaque me racontait des histoires interminables de chasse et de pêche. Je ripostais par le récit de nos farces de matelot. Et nous buvions toujours.

« — Ne trouves-tu pas, me dit enfin Aïta, que Pi-Va est fameuse cuisinière?

« Il fallait que le malheureux fût abominablement gris pour me parler de sa femme. Je ne l'étais pas moins, aussi lui demandai-je sans plus de scrupule :

« — Et Ta-Ta, est-elle bonne aussi pour la cuisine?

« Cette audacieuse question qui, en d'autres circonstances, eût été fort mal accueillie, provoqua chez mon ami un tel accès d'hilarité, qu'il se roulait à terre, poussant de véritables hurlements de joie.

« — Ah! s'écriait-il, Ta-Ta, bonne pour cuisine! Ah! ah! ah! oui, bien bonne, bien bonne pour cuisine!

« Et il riait de plus belle, tant et tant que ses yeux étaient pleins de larmes.

« — As-tu fini, frère, tu m'embêtes, lui dis-je impatienté.

« — Que mon frère blanc ne s'irrite pas contre moi, bégaya-t-il; ne sait-il pas maintenant que Ta-Ta est bonne pour cuisine?

« Et le monstre me montra le quartier de viande dont j'avais absorbé une si large portion.

« — Sacrrrr ! m'écriai-je, faisant rouler les r, sans savoir comment finir mon roulement. Aïta m'a fait manger du jambon de Ta-Ta.

« Je m'assurai que mes cheveux se dressaient sur ma tête, comme cela doit se passer quand une chose nous fait horreur.

« Puis, j'essayai de me lever. Impossible, l'émotion et les liqueurs fortes pesaient sur moi de tout leur poids. Je demeurai pendant dix secondes, immobile, et m'écroulai dans un coin murmurant :

« — Ça y reste, ça y reste. Me voilà cannibale pour la vie. Adieu, mon amiral !

« Et je perdis connaissance.

« Quand je revins à moi, ou quand je me réveillai, comme il vous plaira, le soleil se levait, les petits oiseaux faisaient le potin sur les arbres.

« Un os, l'os de la grosse Ta-Ta, gisait, en croix, sur le flacon vide de tafia, derniers vestiges de l'orgie.

« Je cherchai des yeux Aïta ; il avait décampé en compagnie de la longue Pi-Va, son unique épouse désormais.

« Au moment où je me donnais une peine inouïe pour rallier mes idées, un coup de canon retentit.

« — Le signal d'appareillage, me dis-je, et je regagnai le rivage à toutes jambes.

« A bord, où déjà l'on me considérait comme déserteur, j'empochai quatre jours de fer que je passai à fond de cale avec les rats. »

Ainsi finit l'histoire et Cabirous, secouant sur l'ongle le culot de sa pipe, soupira :

— Pauvre Ta-Ta, son haut de cuisse avait réellement un goût exquis.

III

L'HISTOIRE DES TROIS GIBRALTAR

Près de s'embarquer à bord de la *Balançoire*, Tintin Matafiole, un novice, devisait avec Carignac, le fin matelot, à l'auberge de la Fougasse. Il avait arrosé son ancien consciencieusement et lui-même ; tous deux étaient abominablement gris.

Comme le petit navire, Tintin n'avait jamais navigué ; il questionnait Carignac.

— Par où passe-t-on pour aller en Afrique ? demanda-t-il d'une voix pâteuse.

— Pécaïre, tout le monde sait cela, par le détroit de Gibraltar.

— Que me parles-tu des trois Gibraltar ? interrompit Tintin qui, ignorant en géographie comme la ca.pe à Bilboquet, prenait le Pirée pour un homme.

— Que me chantes-tu là toi-même! s'exclama Carignac, aurais-tu l'aplomb de faire poser ton ancien ?

« Au fait, poursuivit-il après avoir fixé sévèrement Tintin qui soutint son regard avec tout le calme d'une innocence à l'ancre en une eau dormante, il se peut que tu n'aies jamais entendu parler en ton pays des trois Gibraltar, je vais te dire ce que c'est.

Et Carignac, enchanté de se payer une bonne mystification, commença en ces termes l'histoire de Gibraltar.

— Il y avait en ce temps-là...

— Quel temps ? fit Tintin.

— Sud-Sud-Ouest, répondit plaisamment le conteur. Tiens ta langue à fond de cale ou je ne souffle plus mot.

« Il y avait en ce temps-là trois frères. Ils étaient fils tous trois naturellement et légitimement d'un riche hidalgo de la province de Léon en Espagne. Ils se nommaient Gib, l'aîné, Ral, le cadet, et Tar, le plus jeune.

« Quand j'affirme que leur père était noble, entends-moi bien. En Espagne il suffit, pour être réputé tel, de pouvoir se dire fils de quelqu'un. C'est une paire de gants que chacun est libre de se donner.

« Aussi, ce qu'on voit de nobles en ce pays-là dans les mansardes et dans les palais, aux champs et à la ville, on s'en fait difficilement une idée; plus que de vermine dans la défroque d'un capucin. Avec cela, gueux comme Job pour la plupart, et fiers comme le baudet qui porte des reliques.

« Lui, l'hidalgo en question, s'était enrichi à tenir un bazar où l'on vendait l'article pour sérénader; tout un assortiment : des guitares, des sombreros, de la musique toute faite et des mantes; des señoritas, même, chuchotaient les mauvaises langues.

« A ce commerce, sans se soucier du qu'en-dira-t-on, il était devenu riche comme Crésus père. La considération avait couru après ses écus, c'est l'habitude.

« Quand il eut des piastres et des pistoles à les remuer à la pelle, ce fut une autre mouche qui le piqua : l'ambition. Il se fourra dans la boussole d'être quelque chose, pour devenir quelqu'un peut-être.

« Au temps où l'hidalgo bazardait, il avait eu la chance de rendre, moyennant finances, s'entend, quelques légers services au prince héritier de la couronne qui faisait alors ses frasques en Castille.

« L'Enfant », comme ils l'appellent là-bas, étant monté sur le trône, notre homme monta sur son meilleur cheval et partit tout de go pour Madrid.

« Au moment où il mit le pied à l'étrier, il ne se gêna pas pour conter à qui voulut l'entendre qu'il allait mettre au roi le nez dans ses souvenirs, et lui demander une fonction considérable, censément un grade comme celui d'ami al.

« A Madrid, précisément à la minute où il entrait dans la ville par la *puerta del Sol*, patapan, patapan, trottinant sur son bidet, le roi sortait escorté d'un brillant cortège.

« — Tiens ! c'est vous, père. Untel, s'écria Don Alphonse.

« — Sire, dit l'autre, je suis trop discret pour vous reconnaître publiquement, mais puisque vous me faites l'honneur de me nommer par mon nom, pas d'erreur, je pense. La petite Paquita m'a chargé...

« — Hola! ferme tes écoutilles, vieux corsaire, ton souverain navigue maintenant sous pavillon conjugal.

« — Caramba! pensa l'hidalgo, l'avis arrive à temps, je m'engageais vent debout.

« Sire, poursuivit-il en se reprenant, dom Bonifacio, le révérend prieur de Santa-Maria-de-los-Dolores, que vous avez jadis édifié en Léon, m'a chargé de déposer respectueusement aux pieds du trône de Votre Majesté...

« — Bien, bien, fit le roi avec impatience, je suppose, mon compère, que tu ne t'es pas dérangé à seule fin de m'apporter en croupe les respects de dom Bonifacio. Plaide pour ton saint.

« — Sire, je viens briguer une charge à votre cour.

« — Toi, briguant, quelle charge?

« — En personne, Sire.

« — Avec des appointements, peut-être? Vous tombez mal, père Untel, je touche à la fin du mois, et mes galions sont en retard.

« — Sans appointements, Sire.

« — Hein! que dis-tu? fonction gratuite... et obligatoire alors?

« — C'est vous qui avez fait le mot, Sire.

« — Eh bien! je créerai la chose.

« A quoi es-tu propre?

« — A tout, Sire.

« — Cela ressemble fort à : bon à rien.

« — Ne vous inquiétez pas, Sire; si je ne fais pas votre affaire au poste que vous me confierez, vous me donnerez de l'avancement.

« — Drôle, aurais-tu de l'esprit?

« — C'est que je me serai frotté à Votre Majesté.

« — Flatteur, tu es cavalier, à ce que je vois. Je te nomme contrôleur général des marées de la mer

Méditerranée. A cette condition toutefois que tu t'installeras sur-le-champ, avec ta famille, à l'extrémité méridionale de l'Espagne. Là, tu feras bâtir un château, et tu surveilleras les manœuvres de l'Océan.

« Je compte que tu déploieras dans tes fonctions tout le zèle et toute l'intelligence qu'elles nécessitent.

« Sur ce, señor contrôleur général, vous allez vous rendre de ce pas à la Chancellerie pour acquitter les droits de brevet, et, d'urgence, vous prendrez la poste pour rejoindre le vôtre. »

« Et le roi partit en rigolant comme un matelot qui touche son décompte après dix-huit mois de croisière sans débarquer.

« L'hidalgo, resté seul, piqua des deux jusqu'à la Chancellerie où il expliqua son cas aux commis.

« On se moqua de lui, mais on palpa sa monnaie et on lui délivra un grand parchemin scellé du sceau royal.

« Ayant sa commission en poche, il fila grand train jusqu'au fin bout du pays.

« Ainsi qu'on le lui avait ordonné, il courut droit au sud ; quand il ne trouva plus terre devant lui, il s'arrêta au sommet d'un roc escarpé.

« La Méditerranée, qui ne l'attendait guère, battait le pied de la côte.

« — Toi, ma fille, cria de toutes ses forces le contrôleur général de la mer, tu n'as qu'à tenir sagement tes vagues, on va te surveiller de près.

« Puis, comme il avait des tonnes et des tonnes d'écus, il donna son cheval à garder à quelqu'un pendant qu'il appelait des terrassiers, des tailleurs de pierres, des maçons, des charpentiers, des couvreurs, des serruriers, des ébénistes, etc., etc., pour lui construire une forteresse dont il voulait faire sa résidence.

« On mit dix ans à l'achever. Quand tout fut creusé, bâti, cloué, ficelé, galipoté, et la clef sur la porte, l'hidalgo manda près de lui ses fils et sa femme. Pas sa belle-mère, par exemple, la bonne dame l'avait trop cauchemardé en Léon.

« Lorsqu'il s'agit de donner un nom au château, chacun des fils voulut être parrain.

« Pour ne point paraître favoriser l'un aux dépens des autres, le père annonça qu'on mettrait dans un sac trois billets portant les numéros un, deux, trois. Le numéro un aurait droit de baptême.

« Mais eux, pas bêtes, les fils de l'hidalgo, ils écrivirent tous trois le numéro un qu'ils cachèrent dans leur manche.

« Quand chacun eut mis la main dans le sac, il se trouva que tous avaient pris le bon numéro. Plus fort que cela, en retournant ledit sac, on s'aperçut qu'il y restait trois billets.

« — S'il en est ainsi, dit le contrôleur général, c'est que Dieu l'a voulu ; vous serez parrains tous trois, mes enfants ; la forteresse portera le nom de Gib-ral-tar.

« Tout alla bien d'abord, les hidalgos étaient puissants à Gibraltar. Mais comme personne ne vint les secourir, un beau jour les Anglais s'emparèrent de la forteresse.

« Ils y sont, ils y restent, » conclut le conteur.

— Que font-ils là? interrogea Tintin. De quoi s'occupent-ils ? De marée, sans doute?

— De maréchaussée, ricana Carignac.

— Pas moins, si j'étais Espagnol, reprit Tintin, je ne me ferais pas de bon sens qu'on les ait forcés de décaniller.

— C'est avec cette idée que tous les Espagnols grandissent. Mais ça n'a pas l'air de prendre.

IV

LE CURÉ ET L'OISEAU

À BORD de la *Balançoire*, sur le gaillard d'avant, les matelots non occupés aux manœuvres, assis ou debout, la pipe aux dents, devisaient gaiement. On fêtait le retour de Carignac et de ses amis.

Le fin conteur et son intime Tintin Matafiole revenaient de Médine, au fin fond du Sénégal, où M. Revel, le lieutenant, et Cabirous, le quartier-maître, les avaient emmenés en expédition.

— Té, Carignac, mon pays, dit un compatriote, quelles nouvelles de la terre ?

— Elle tourne toujours, la pôvre, que cela fait plaisir à contempler.

— Qu'as-tu vu par là ?

— Pas toi, puisque tu n'y étais pas, et je suis revenu tout exprès pour jouir de ta présence.

— Toujours le même.

— Peux pas permuter de caractère.

— Et autrement?

— Autrement. Ah! mon bon, un voyage charmant, un pays superbe où les curés ont des noms d'oiesau, les oiseaux ont des noms de curé.

— Oh! cette bourde!

— Une bourde, se récria Carignac d'un air offensé. Rien n'est plus vrai, demande plutôt à Matafiole.

— Exact comme la marée, appuya Tintin.

— Même à cause de cela, il nous en est arrivé une bien bonne, n'est-ce pas, Matafiole?

— Une bien bonne, certainement, répondit celui-ci, bien qu'il n'eût pas la moindre idée de ce que voulait dire Carignac.

— Quelque poisson d'avril pêché dans la Garonne; exhibe le morceau, si la sauce est bonne, on l'avalera tout de même.

— Ni poisson, ni canard, une histoire authentique. Et d'ailleurs, c'est au camarade que la chose est arrivée. Moi, je n'y suis pour rien, pas vrai, Tintin?

— Parbleu! dit celui-ci entièrement ahuri, mais convaincu que Carignac acquitterait à la satisfaction générale la lettre de change que le conteur tirait sur son imagination.

— Je vous fais juges, commença Carignac. Il faut vous dire qu'en débarquant à Saint-Louis, c'est à peine si l'on nous laissa le temps de mettre pied à terre. Pas mèche de pincer la taille au sexe et le goulot à la bouteille. Pas accéléré, marche. Sur le Sénégal, un aviso nous attendait pour nous transporter à destination.

« Embarque, vivement, commande M. Revel. On lève l'ancre, et, file ton nœud, nous voilà partis pour Médine aux cinq cents diables, dans le pays des négros. On ne nous y attendait pas, nous n'avions rien à y faire. N'empêche, ne nous tracassons pas. Si le gouvernement nous envoie promener, il fournit gratis les vivres et la péniche.

« Rien à objecter, va bien.

« Il y avait avec nous sur l'aviso des colons, des troupiers et un curé de Mahomet. Ce qu'ils nomment par là un marabout, un brave qui mâchonnait soir et matin ses patenôtres : La laï la la! (allah il allay), censément pater noster, alleluia. Chacun prie son bon Dieu comme il l'entend. L'important est qu'on en tire son benef.

« Au bout de deux jours, voilà les bords du fleuve qui se couvrent de grues, de canards, de pintades. Des sangliers, des cerfs venaient boire à la rive.

« — Ça ne peut pas durer comme cela, dit M. Revel. Sûr et certain que voilà des bêtes qui ne nous feraient pas de mal aux cambuses dans la marmite à Bibi.

« Il fait stopper.

« Bon!

« — Avance à l'ordre! qu'il commande à moi et à Matafiole.

« — Présents, mon lieutenant.

« — S'agit, matelots, de tâcher moyen de décrocher du poil et de la plume en suffisance pour régaler toute la société.

« — On tâchera, mon lieutenant.

« — Êtes-vous tireurs au moins?

— Oui, mon lieutenant.

« — Ça va, dit M. Revel qui est la crème des hommes. A terre, maintenant, mathurins, ouvrez l'œil et le bon.

« — Sais-tu tenir un fusil de chasse? que je demande au camarade.

« — As pas peur! qu'il me répond, dans mon pays on naît avec un fusil sous le bras, comme l'Alsacien avec une clarinette et un caniche. Si la volaille se laisse approcher, je ne te dis que ça.

« Oui, mais moi, à la cible, passe encore; à la chasse, je n'avais jamais tué que des mouches de Provence, avec de l'ail. Comment faire? Au petit bonheur. Laï la la! dit le marabout. Quand Guillaume Untel décrocha la pomme sur la tête à son gosse, il y arriva du premier coup, sans même blesser un pou sur la tête à cet enfant. Et ce n'était qu'un bedeau. Moi qui suis Français et marin, c'est bien le diable si je ne m'en tire pas, surtout que je n'ai qu'à tirer juste.

« Nous sautons dans un canot, M. Revel, Matafiole et moi. Sur la plage même où nous accostons on se met en chasse. Nous tuons des sangliers, des cerfs, des perdrix, des pintades, des tourterelles de Barbarie de quoi défrayer l'équipage pendant plusieurs jours. Assez comme cela. Au canot, maintenant.

« Chemin faisant, M. Revel aperçoit un grand oiseau gris et noir, haut sur pattes, qui se promenait grave comme un commissaire.

« — Il faut que je me paie cet oiseau-là, dit-il. Il l'ajuste et le tue.

« On rallie le bord, M. Revel fait porter le gibier à la cambuse et commande au maître-coq un vrai repas de noces. Puis il rentre dans sa cabine.

« Nous autres, nous contions nos exploits aux amis, quand un négrillon accourt.

« — Le capitaine demande Matafiole immédiatement, dit-il.

« — On y va, fait Tintin, et il nous quitte,

« A la porte de la cabine, toc-toc.

« — Entrez.

« — A vos ordres, mon lieutenant.

« — Mon garçon, va me chercher là-haut le marabout.

« — Le marabout?

« — Oui, le marabout; tu le prendras par les pieds, mais tu auras soin de ne pas laisser traîner la tête; cela pourrait l'abîmer.

« — Par les pieds! répète Tintin ahuri.

« — Oui, par les pieds, j'ai l'intention de l'empailler.

« — L'empailler!

« — Ah çà! dit M. Revel qui commençait à s'impatienter d'entendre ses paroles répétées comme par un écho. Tu me comprends, j'imagine. Qu'as-tu à rouler des yeux en boule de loto comme un cul-de-jatte à qui j'ordonnerais de grimper au grand mât? Au trot, et du leste!

« — Fichue commission, pensait Tintin. Pour sûr, le lieutenant est toc. Le soleil lui aura rissolé le fanal. Après tout, c'est son affaire. Si le curé meurt de l'opération, moi, je m'en savonne les mains.

« Quant à le prendre par les pieds, cela n'est pas la peine. Je lui dirai gentiment : Le lieutenant vous demande. Il ne se doute de rien, il me suivra.

« S'il faut le terrasser dans la chambre de M. Revel, il sera temps encore. A deux, il nous sera plus facile de le manœuvrer sans lui abîmer la tête. N'empêche, une idée baroque.

« Il remonte sur le pont.

« — Ous qu'est le marabout? demandé-t-il.

« — On l'a débarqué pendant que vous étiez à terre, qu'on lui répond.

« — J'aime mieux ça, qu'il se dit en redescendant; il m'avait l'air bon apôtre, le marabout, mais il doit une chandelle de longueur à son Mahomet.

« Il entre chez M. Revel.

« — Le marabout est parti, mon lieutenant.

« — Il est parti! Que me chantes-tu là?

« — La vérité.

« — Tu es saoul.

« — Oh! mon lieutenant.

« — Comment donc oses-tu soutenir que l'oiseau que j'ai tué s'est envolé?

« — L'oiseau, quel oiseau? riposte Tintin qui perd le nord de plus en plus. Vous m'avez commandé d'aller chercher le curé, on m'apprend qu'il est parti, je n'y peux rien.

« — Mais, triple buse, ce n'est pas du curé qu'il s'agit, mais de l'oiseau qui s'appelle un marabout.

« Ah! la bonne histoire! tu t'étais mis dans la caboche que je voulais empailler le curé.

« Et M. Revel, se tordant les côtes, criait : Ah! j'en ferai une maladie. »

Les auditeurs de Carignac s'esclaffèrent. Ah! ah! ah! la bonne charge. Jocrisse de Tintin, va!

— Si le curé avait été là, demanda quelqu'un à Matafiole. Comment l'aurais-tu empaillé?

— Dame, répondit celui-ci, j'aurais prié Carignac de m'aider; il fait tout ce qu'il veut de sa langue; il lui aurait persuadé de se laisser écorcher tout doucettement.

Attiré par le bruit des rires, Cabirous s'était approché; on lui conta la chose.

— Mauvais plaisant, dit-il à Carignac, tu dois avoir un fameux compte chez ton fournisseur de blagues.

— Comment, s'exclama-t-on à la ronde, n'y a-t-il rien de vrai dans cette histoire ?

— Pas un mot, répondit effrontément le conteur.

— Pas une syllabe, surenchérit Tintin.

Et tous deux, pirouettant sur les talons, virèrent de bord avec une désinvolture qui fit quasiment pâmer d'admiration tout le gaillard d'avant.

— Oh ! ce Carignac, est-il roublard ! murmurait-on.

— Quelle platine ! Il roulerait tous les avocats de France, dit l'un.

— D'Europe, dit un autre.

— De la Gascogne, acheva quelqu'un qui en était.

Nec plus ultra !

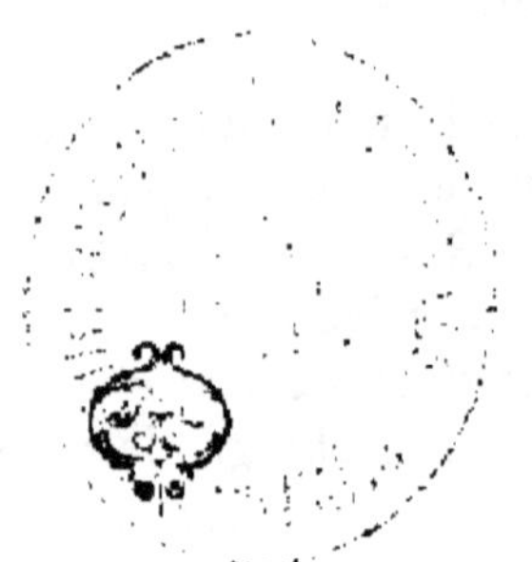

TABLE DES MATIÈRES

SPÉCIMEN DES PORTRAITS DE COUVERTURE

Prix des dix volumes : **20 francs** au lieu de 60 francs

NOUVELLE COLLECTION

ILLUSTRÉE

à

20 CENTIMES LE VOLUME

Ce que nous voulons : publier sans coupures et en respectant le texte des éditions originales une collection d'ouvrages d'élite, généralement d'un prix inabordable, parce qu'ils sont extrêmement rares ; les rendre accessibles à tous par la modicité de leur prix, bien qu'ils soient édités avec le plus grand luxe.

Les grands écrivains des XVIIe et XVIIIe siècles y occupent une large place. Il était de toute justice de laisser aux maîtres de la littérature le rang que leur a assigné l'admiration de la postérité. Mais nous avons voulu que notre siècle, qui n'a pas toujours été inférieur à ses devanciers, et nos contemporains y figurassent pour une part assez considérable, et par leurs œuvres. La liste que l'on trouvera plus loin montrera que nous n'avons exclu personne.

Il nous a paru curieux de réunir en une série de petits volumes d'aspect charmant, imprimés avec le plus grand luxe, sur beau papier, richement illustrés, les chefs-d'œuvre littéraires de tous les temps et de tous les pays.

Nous appelons l'attention des amis des beaux livres sur les illustrations qui ornent ces petits volumes. Malgré leur prix minime, ils sont chargés de jolis dessins dus au pinceau de nos premiers artistes, et ils ne dépareront aucune bibliothèque.

Il paraît un volume toutes les semaines depuis le 1er Mai 1897. Chaque volume se vend séparément.

Imprimerie Vve Albouy, 75, avenue d'Italie. — Paris.

www.ingramcontent.com/pod-product-compliance
Lightning Source LLC
LaVergne TN
LVHW012016220826
846092LV00001B/373

9782329755274